CUENTOS

PARA

NIÑOS PERDIDOS

Diriye Osman nació en Mogadiscio (Somalia) en 1983 y creció en Nairobi (Kenia) y Londres. Estudió Literatura Inglesa, Lingüística y Bellas Artes en la Universidad de Birmingham y Escritura Creativa en el Royal Holloway College de la Universidad de Londres. Sus textos han aparecido en revistas como *Prospect, The Financial Times, The Guardian, Vice, Huffington Post, Attitude, Time Out London, Under the Influence, Kwani?, The Queer African Reader, SCARF, Poetry Review* y *Jungle Jim*.

www.diriyeosman.com

«En tiempos en los que la homosexualidad sigue siendo ilegal en la mayoría del continente africano y apenas aparece representada en su literatura, este libro supone una agradable sorpresa. A través de estas historias sensuales, eróticas y explícitas, Osman dibuja la vida de jóvenes somalíes cuya identidad se define tanto por su sexualidad como por su origen cultural... Osman no es solo un escritor valiente, también es original. Su escritura está salpicada de palabras somalíes y elaborada con la precisión y la riqueza propias del lenguaje poético. En un momento en el que la literatura africana parece estar en alza, Osman destaca entre la multitud.»

BERNARDINE EVARISTO, *The Independent*

«Uno de los grandes placeres de leer es encontrar libros que narren historias que no suelen aparecer en la literatura comercial. *Cuentos para niños perdidos*, de Diriye Osman, es una cruda colección de relatos sobre la experiencia *queer* somalí. Casi todos tratan sobre el exilio: de la familia, del país, de la cordura, de uno mismo. Osman consigue manejar con soltura la tradición del cuento. Utiliza diferentes dialectos, el argot urbano y una cadencia rítmica para contar estas historias en el único lenguaje en el que podrían ser contadas... la fuerza de estas historias es innegable.»

ROXANE GAY, *The Nation*

«La obra de Osman da muestra de una voz sorprendentemente original que estoy seguro desafiará a muchos entre la comunidad somalí, que no se caracteriza precisamente por su actitud abierta hacia la identidad sexual, y sorprenderá a la vez a aquellos lectores familiarizados con el país del África oriental por las noticias sobre militares islamistas y piratas.»

MAGNUS TAYLOR, *The New Internationalist*

«Es esta una serie de viñetas poéticas que se sirven de la historia personal, del trauma colectivo, de la jerga y del sonido del lenguaje utilizado como textura para entretejer la historia personal de un grupo de refugiados *queer*: desde la madre de una hija lesbiana que arroja sus sueños al mar envueltos en piedras, pasando por la enfermera trans de un psiquiátrico que manipula el sistema para protegerse a sí misma, hasta el desesperado muchacho afeminado con aire de *drag queen* que se prueba su primer par de medias de seda, este libro los acompaña de la mano... *Cuentos para niños perdidos* es una lectura imprescindible para todos aquellos, en el exilio o no, que hayan sufrido la bendición y la condena que supone tener que dar la cara como persona *queer* ante un mundo que no está preparado para aceptarlo. De una textura hermosa y un tono maravilloso, Osman ha conseguido crear un oscuro mundo de lenguaje y cultura en el que cualquier niño perdido puede llegar a encontrarse.»

JULY WESTHALE, *Lambda Literary Review*

«El exitoso debut de Osman es una oda a lo que le sucede a una persona *queer* cuando se levanta, sale a la calle y actúa. A pesar de que sus personajes deben enfrentarse a numerosos desafíos que les producen dolor (la homofobia, los prejuicios contra los inmigrantes, los trastornos mentales), las historias de Osman se tiñen con la posibilidad del placer y el disfrute, ya sea por el despertar sexual, la exploración del género o por aprender a defenderse a uno mismo. En última instancia, sus cuentos son declaraciones sobre por qué merece la pena vivir la vida, aunque se pierda. La última historia, que trata sobre una pareja de chicos que vive en Londres, uno somalí y el otro jamaicano, termina sentenciando: "Nos quedan nuestros cuerpos. Nos queda la vida".»

JAMESON FITZPATRICK, *Next Magazine*

«Ambientadas en Somalia, Kenia y Londres, estas historias versan sobre la identidad, la superación, el exilio y los lazos familiares. El estilo intimista y vívido de Osman da vida a historias que hunden sus raíces en su propia experiencia como homosexual somalí.»

EDEN WOOD, *Diva*

«Narrado por jóvenes gais y lesbianas somalís, *Cuentos para niños perdidos*, de Diriye Osman, es una intensa, compleja y poética recopilación de relatos que exploran los entresijos de la familia, la identidad y la experiencia del exilio. Ambientada en Kenia, Somalia y el sur de Londres, esta colección de historias conmoverá y cautivará por igual. Una voz que conviene seguir de cerca.»

WILL DAVIS, *Attitude*

«Osman construye sus personajes bajo el principio de emancipación, ya sea de forma abrupta, como aceptación paulatina o como una lenta caída: cual nieve sobre ascuas. Este libro es también una muestra de los efectos físicos, mentales y emocionales del poder conservador, la presión y el prejuicio sobre sus personajes, resistentes, desafiantes. En resumen, se nos presenta un catálogo sobre la pérdida: de la inocencia, el miedo, la familia, la vergüenza, la virginidad, el amor y las posesiones. Pero aquello que se pierde deja lugar a algo mucho más preciado, más sagrado y transformador; algo necesario: la libertad de poder explorarse a uno mismo con propiedad. Tal y como apunta la última frase de la colección: "Nos quedan nuestros cuerpos. Nos queda la vida".»

JONATHAN DUNCAN, *Africa Is A Country*

«Un muestrario de estilos e impresiones sensoriales... estas historias agridulces son dolorosamente hermosas. Entre la tristeza del exilio y el rechazo hay lugar siempre para la lujuria, el placer y el deleite. La escritura de Osman es un carrusel de lenguajes, aromas, melodías y sabores que elogian la belleza.»

ANNA JÄGER, *Chimurenga*

CUENTOS
PARA
NIÑOS PERDIDOS

DIRIYE OSMAN

Traducción de Héctor F. Santiago

Título original: *Fairytales for Lost Children.*
© Diriye Osman. Original en inglés publicado en 2013.

Copyright © de la traducción: Héctor F. Santiago Pérez.
Traducción al español publicada en 2019.

El derecho de Diriye Osman y Héctor F. Santiago Pérez a ser
reconocidos como autores de esta obra queda amparado por
la Ley de Derechos de Autor, Dibujos y Patentes de 1988 (*UK
Copyright, Designs and Patents Act 1988.*)

www.teamangelica.com

Queda depositado en la Biblioteca Británica un ejemplar de
Publicación en CIP (*Cataloguing-in-Publication*).

ISBN 978-0-9955162-8-1

A John R. Gordon

Cuando me atrevo a ser poderosa,
a utilizar mi fuerza para lograr mis objetivos,
el tener miedo o no se vuelve cada vez más irrelevante.

– AUDRE LORDE

ÍNDICE

سقي الخيال

Materia para la imaginación

e vivido toda mi vida cerca de la costa de Bosaso, en Somalia; no conozco otra tierra. Mientras otros arriesgan su vida colándose en buques de carga, desesperados por encontrar un hogar en ciudades como Londres o Luxemburgo, yo permanezco en esta tierra y cuento historias: les cuento historias a mis hijas sobre reyes y reinas guerreras, sobre los que luchan por la libertad y los poetas. Cuento historias para recordarle a mis hijas y a mí misma que Somalia es una tierra fértil en tradición y en leyendas; la única semilla que necesita de un riego constante es nuestra imaginación.

Mi hija mayor, Suldana, tiene dieciocho años y está enamorada de otra mujer. Por el día, trabaja sin descanso vendiendo leche y huevos en nuestro quiosco y por la noche, se escapa y baja hasta la playa para encontrarse con su amante; al amanecer, vuelve a colarse en la cama impregnada de olor a mar y a sal y a perfume...

Suldana es hermosa y se envuelve en su belleza como en un chal de estrellas. Cuando sonríe, se le marcan los hoyuelos y uno no puede evitar rendirse a su encanto. Cuando baja por la calle, los hombres la miran fijamente y le silban y se mueren de ganas de irse con ella, pero Suldana no está a su alcance. Todos los días llegan ofertas de matrimonio acompañadas de grandes dotes, pero me las quito de encima como puedo. Se supone que las madres hablan de este tipo de cosas con sus hijas; yo no: respeto su intimidad y le permito vivir su vida.

En la cultura somalí hay cosas que no se expresan: cómo amamos, a quién amamos y por qué. Yo no sé por qué Suldana ama de esa manera ni por qué ama a quien ama, pero sí sé que al respetar su intimidad le estoy permitiendo soñar de una forma en la que mi generación nunca se hubiera atrevido a soñar; le estoy permitiendo alcanzar algo que ninguna de las dos se atrevería a expresar con palabras. Así que cogemos nuestras voces y nuestras historias y nos las llevamos al mar: cada tarde caminamos hasta la orilla y escribimos nuestros deseos en pequeños trozos de papel. Envolvemos algunas piedras con esos trozos y las atamos con una goma. Después, lanzamos al océano las piedras que transportan nuestros deseos. Mi madre y la madre de mi madre también lo hacían. Para nosotras es una forma de expresar muchas de las cosas que no somos capaces de decir en voz alta; es una forma de compartir nuestros secretos más íntimos sin tener que sentir vergüenza o miedo por ello. A través de este ritual hemos creado una mitología y una historia propias.

Suldana debe aferrarse a esa historia y construir su propio futuro. Cuando ella esté lista para seguir adelante, honraré mi promesa como madre y caminaré a su lado sin echar la vista atrás.

Dile al sol que deje de brillar

abía llegado el Eid y no tenía con quien celebrarlo. Necesitaba una señal que me dijera si debía dirigir mis pasos hacia el este o hacia el oeste. La señal llegó en forma de folleto en mi buzón, una invitación al rezo para celebrar el final del Ramadán en la mezquita de Peckham. La señal marcaba el sur, así que me dirigí hacia allí.

En la mezquita todo el mundo se había puesto sus mejores galas para la ocasión. Los hombres indios, paquistaníes y somalíes llevaban sus mejores túnicas en gris o en blanco. Los nigerianos iban vestidos como *sapeurs*, auténticos dandis africanos: camisas rosa flamenco y zapatos de piel de cocodrilo. Las mujeres indias y somalíes vestían sus tradicionales *garbas* y *jilbabs*. Las nigerianas iban como auténticas reinas de belleza: vestidos color Fanta y zapatos con tacones transparentes. Los niños correteaban todos de un lado a otro dejando a la vista sus etiquetas de Nike y Puma.

Me acerqué a los lavatorios del exterior para iniciar el ritual de la ablución. Un niño paquistaní que llevaba una túnica gris paloma me mostró cómo hacerlo:

—Haz así —me indicó, lavándose las manos y las muñecas tres veces. Pude percibir que tenía marcas de mordiscos en la dorada piel de sus muñecas. Imité sus movimientos.

—Haz así —me indicó, enjuagándose la boca tres veces. Pude percibir que su labio inferior estaba morado e hinchado como una ciruela. Imité sus movimientos.

—Haz así —, me indicó, sorbiendo agua por la nariz y expulsándola luego tres veces. Pude percibir un corte enrojecido a lo largo del puente de su nariz. Imité sus movimientos.

Tras la ablución, llegó la hora del rezo. —Ve —me dijo el chaval. Y así me fui.

Coloqué mis zapatos junto a la puerta. La mezquita olía a pies, a colonia y a samosas. Caminar por la moqueta era como pisar musgo. Las paredes eran blancas y una destartalada lámpara de araña colgaba del techo. Los hombres se sentaron junto al pedestal del imán; al fondo había una sala separada para las mujeres. Me arrodillé junto a un hombre con un peinado *Jheri curl*. Tenía seis dedos en su pie izquierdo. Al mover los dedos de los pies, el sexto ni se inmutaba.

—*Eid Mubarak*, hermano —me felicitó.

—*Eid Mubarak* —contesté.

—Espero que encuentres la paz —deseó, intuyendo mi tristeza.

—Así lo espero —contesté. Me pregunté si el sexto dedo del pie le concedía también alguna especie de sexto sentido.

El imán nos convocó: «*¡Allahu Akbar!, ¡Allahu Akbar!*». Todo el mundo se puso en pie y se llevó las manos a las orejas. Aunque el imán estaba de espaldas, pude reconocer su voz al instante: era Libaan. Llevaba una túnica blanco roto y un gorro de rezo. Su voz de barítono seguía siendo tan suave como el agua.

Cuando repitió «*Allahu Akbar*» una vez más, recordé el momento en que nos conocimos. Acababa de llegar de Somalia para pasar el verano con nosotros en Nairobi. Yo tenía catorce años, él dieciocho.

El altavoz sonaba cascado al recitar la sura *Al-Fatiha*, la de apertura. Su voz se precipitaba y volvía a elevarse como una cometa sobrevolando las sílabas del árabe.

Recuerdo que era mucho más alto que yo y tenía la piel oscura como una Oreo. Tenía también dos dientes de oro. Fue él quien me enseñó a fumar. Yo me atragantaba con el humo y él me repetía: «ya te acostumbrarás, chaval». Ahora me fumo un paquete al día.

Después de la sura *Al-Fatiha* recitó la sura *Lahab*, la de la llama.

Recuerdo que le dejaba mi cama y yo dormía en el suelo. Nos quedábamos despiertos hasta tarde y él me contaba cómo era criar cabras en Somalia. Yo le hablaba de mi escuela en Nairobi y le contaba que todos mis compañeros me llamaban el refugiado. «La próxima vez iremos juntos y les daré una paliza».

Todo el mundo se inclinó con el siguiente *Allahu Akbar*.

Recuerdo la primera vez que lo vi desnudo. Estaba durmiendo y se le había resbalado la sábana, dejando al descubierto sus nalgas. Mi corazón empezó a latir con fuerza. Me incliné sobre él. Me moría de ganas por tocarlo, pero estaba aterrado. Me senté en la cama a su lado y no se despertó. Acaricié sus nalgas con los dedos temblorosos y salí corriendo de la habitación. Cuando volví a entrar, seguía durmiendo. Apreté con suavidad sus nalgas y salí corriendo de la habitación. Cuando volví a entrar, seguía durmiendo. Traté de meterle un dedo, pero sin abrir los ojos siquiera, gruñó: «¡por dios santo, estoy intentando dormir!». Salí corriendo de la habitación.

Mi cara enrojeció por completo cuando se puso en pie y nos dijo: «Alá escucha a quienes lo alaban». Yo contesté en voz baja: «¡oh, Señor!, a ti pertenece toda alabanza».

Me daba pánico que se lo contara a mis padres, pero al día siguiente se me acercó y me ofreció un Marlboro. Nos escondimos detrás de la casa y fumamos sin hacer ruido. Cuando terminamos, me revolvió el pelo y me sonrió con sus dientes de oro, como queriendo decirme: «mejor no decimos nada de lo que pasó ayer». No me atrevía a mirarlo directamente a la cara.

Esta vez rugió el *Allahu Akbar* y toda la congregación se postró a sus pies. Repitió el *Allahu Akbar* una vez más y nos volvimos a postrar.

Aquella noche, en vez de meterse en su cama, Libaan bajó a mi colchón y coló la mano debajo de mis sábanas. Su mano alcanzó mi pene; estaba empalmado. Sus movimientos fueron sumisos, intencionados. Las palmas de sus manos eran suaves como la mantequilla. Olía a tabaco y a chicle de cereza. Me masturbó hasta que terminé con la entrepierna húmeda y la garganta seca. Cuando me corrí, se limpió las manos en mis pantalones y volvió a su cama. Intenté volver a dormirme, satisfecho y asustado y lleno de esperanza.

Libaan volvió a pronunciar el *Allahu Akbar* y a recitar la sura *Al-Fatiha*.

Al día siguiente jugamos al fútbol con los chavales del barrio. Libaan no dejaba de pasarme el balón. Cada vez que lo hacía me sonreía con sus dientes de oro, como queriendo decirme: «anoche no pasó nada». Intentaba esquivar una vida llena de complicaciones. Pero al caer la noche, colocaba sus manos, sus labios, su lengua, dentro de mi mundo de complicaciones. Nos masturbábamos hasta que llegaba la hora del primer rezo. Después, seguíamos adelante con nuestra vida, cuestionándonos si la noche anterior había ocurrido.

Al finalizar la oración, Libaan volvió su cara hacia la derecha y pronunció: «*Asalamu aleykum wa Rahmatul-lah*». Inmediatamente después hizo lo mismo mirando hacia la izquierda. La congregación imitó su gesto.

La noche antes de regresar a Somalia dormimos juntos en mi colchón lleno de manchas. Presioné la palma de su mano sobre mis labios, él me besó la clavícula. En mitad de aquella habitación iluminada solamente por la luna, me sonrió con sus dientes de oro, como queriendo decirme: «nunca pasa nada». Cuando llegó la hora del primer rezo, me susurró al oído: «dile al sol que deje de brillar». Yo le contesté, también en un susurro: «lo haré si prometes quedarte». Al día siguiente se subió a un avión con destino a Somalia.

Libaan se volvió hacia la congregación y comenzó su discurso, pero yo no estaba escuchando. Solo podía fijarme en su barriga, redonda como una pelota de baloncesto. Solo podía fijarme en sus mejillas, que le colgaban a ambos lados de la cara como a un bulldog. Seguía conservando sus dos dientes de oro, pero el resto los tenía totalmente negros. Se había teñido la barba con henna hasta conseguir que pareciera un arbusto en llamas.

—Que Alá os bendiga a vosotros y a vuestras familias en este día glorioso —le escuché decir. —Que halléis la paz y el alivio y el sentimiento de plenitud. Amén.

—Amén —pronunció la congregación antes de levantarse y dirigirse hacia la puerta. Mientras la gente iba saliendo, sentí una urgencia incontrolable por acercarme a hablar con Libaan:

Quería decirle que una vez salí con un irlandés que se llamaba Simon.

Quería decirle que era su cara la que veía cada vez que hacía el amor con Simon.

Quería decirle que mis padres me repudiaron cuando les hablé de mi orientación sexual.

Quería vomitar todas aquellas palabras.

Pero antes de poder hacerlo, una mujer vestida con un *jilbab* negro oscuro y un chaval con túnica se le acercaron. Libaan abrazó a la mujer y se subió al chaval a hombros. Fue entonces cuando me vio. Quiso sonreír con sus dientes de oro, como queriendo decirme tantas cosas... «aquí no, no ahora»; «lo siento»; «tengo miedo». Pero antes de hacerlo, antes de que pudiera romper mi corazón en mil pedazos, hice lo que mejor se me daba: salir corriendo.

حكايات لأطفال ضائعين

Cuentos para niños perdidos

Uivíamos en un bungaló pintado de azul-cielo en Tigoni Road, justo al lado de la escuela infantil de mi hermana Aziza, *Little Woods*. Aunque nuestra casa tenía un terreno de un tamaño bastante decente, el jardín estaba hecho un desastre y los pinchos y zarzas se habían adueñado por completo del lugar. Era consciente de que Hooyo y Aabo no tenían tiempo de pensar en frutas ni en flores, estaban más pendientes de pagar las facturas y de atender a los parientes que necesitaban ayuda.

Recuerdo nuestro jardín en Somalia, los guayabos y los pawpaw, las calas y las azaleas. Solía sentarme en el jardín a observar las ranas toro cazar insectos. En los cuentos de Disney el malo siempre pierde, pero en la vida real casi siempre se sale con la suya. Cada vez que la rana sacaba la lengua, regresaba a su boca con una víctima; aprendí desde pequeño a no meterme con la naturaleza. Tenía diez años cuando empecé la escuela. Aabo y Hooyo pensaron que era la mejor manera de que aprendiera el idioma.

—¡Pero yo no quiero aprender ingreés! —lloriqueé mientras mojaba mi sándwich de margarina en la taza de té para darle un sorbo después. Aabo terminó sus gachas de avena y las bajó con un vaso de limonada.

—Tienes que aprender el *luuqad* —me dijo. —Ahora vivimos en Kenia, aquí todo el mundo habla inglés, incluso las criadas.

—Además, a Aziza le encanta la escuela —dijo Hooyo mientras les sacaba brillo a mis zapatos del colegio marca Bata—, ya casi se sabe el abecedario.

Aquel comentario me puso furioso: que Aziza me adelantara con el abecedario era señal de que me iba a adelantar con todo en la vida. Cogí la fiambrera de Aladdín en la que mi madre me había metido el arroz y el cordero de la noche anterior y seguí a mi padre hasta su Toyota Cressida. Era el primo pobre del Mercedes que teníamos en Somalia, pero tener un coche ya era una suerte. Hacía solo siete meses vivíamos en el campo de refugiados de Utanga, en Mombasa, sin saber siquiera si nos enviarían de vuelta a Somalia. Nunca se me olvidará el cuerpo de la mujer que nos cruzamos al salir de Mogadiscio, con los sesos esparcidos por la carretera. Vomité en la parte de atrás de la camioneta porque Aabo se negó a parar para que bajara.

—¡No pienso parar hasta que lleguemos a las barcas! —gritó mientras no dejaba de pitarle a los refugiados que intentaban escapar a pie de la guerra. Los chicos jóvenes cargaban con sus mayores en carretillas; una mujer embarazada se puso en cuclillas en mitad de la carretera para intentar dar a luz.

No pude evitar acordarme de aquella mujer al mirarle la barriga a Hooyo, redonda como una sandía, mientras se despedía de nosotros.

Tan pronto como entramos en el coche, mi padre puso su cinta favorita de UB40 y empezó a cantar a voz en grito *Red, Red Wine* mientras bajábamos por Chaka Road.

—¡Venga, canta conmigo! —me animó.

—Vale.

Empecé a cantar con una voz que apenas me salía del cuerpo.

—¡Así no, hombre! ¡Tienes que cantar con ganas!

—¡Pero si le pongo ganas!

—¡Pues que se note! —levantó su voz en gesto o-perístico. Cuando intenté imitarlo, soné como una Shirley Temple estreñida.

—Hijo mío... ya aprenderás —intentó animarme Aabo, consciente de que nunca lo haría. Era agradable ver que al menos medio creía en mí.

Giramos calle abajo en Marcus Garvey Road. En la esquina estaba el *Studio House*, un edificio de oficinas barnizado por la luz que reverberaba sobre los cristales tintados de la fachada. Justo al lado del edificio había un grupo de *chokoras*, chicos de la calle que no serían mayores que yo. Rebuscaban entre la montaña de bolsas de basura apiladas en la puerta por si encontraban alguna cáscara de plátano o de naranja a la que poder hincarle el diente. Su *fakhrinimo*, su extrema pobreza, me recordó a los chavales del campo de refugiados, solo que estos sujetaban botes de pegamento con los dientes. A uno de ellos le chorreaban los mocos; se los relamió.

Marcus Garvey Road era una calle sin asfaltar, por lo que Aabo tuvo que reducir para conducir con cuidado y no pinchar una rueda. Uno de los *chokoras* se dio cuenta de que lo estaba mirando fijamente y me hizo una peineta; volví la cara asustado. Mi aspecto siete meses antes, correteando por el campo de refugiados con los harapos que nos daban los voluntarios de UNICEF, no debía ser muy distinto al de aquellos chicos. Me daba pánico pensar que nuestra racha de prosperidad fuera algún tipo de broma de un Dios caprichoso y que dentro de poco estuviéramos de vuelta en el campo de Utanga viviendo una vida de miseria que ningún rezo, ningún cántico de mil suras pudiera elevar.

A Aabo no le preocupaban esas cosas; era un hombre al que raras veces asediaba el desánimo, cosa normal en un antiguo político. Aabo fue jefe del equipo de asesores de Siad Barre durante el régimen; antes había sido decano en la Universidad Nacional de Somalia y todavía antes, cuando no había comenzado siquiera su exitosa carrera académica y política, había sido pastor a cargo del rebaño de su padre en Bosaaso. Entendía las relaciones

públicas como lema de vida. Fue esa actitud altanera la
que en pocos meses nos sacó del campo de Utanga y nos
consiguió un piso de tres habitaciones en Kilimani; la
misma que, unida a unos pocos contactos oportunos, le
permitió iniciar Pharmcon, su propia empresa far-
macéutica.

Siguió cantando a pesar de que el coche no dejaba de
tambalearse con tanto bache. La voz le temblaba cada vez
que el Cressida daba un salto, pero no perdía el ritmo.
Para Aabo la vida no era más que una larga melodía.
Incluso al rezar, era capaz de aplicar la técnica del canto
melismático al pronunciar el «*Allahu Akbar*». Cuanto
más nos acercábamos a la escuela, más me aterraba la
idea de que pudiera presentarme a mi profesora cantando. Por suerte, dejó de cantar cuando una piña se
estrelló contra el parabrisas al entrar en Kindaruma
Road.

—¡Mierda! —Aabo paró el coche. Nos bajamos los dos
y miramos hacia arriba: estábamos rodeados de pinos
enormes. ¡Zas! Otra piña se estrelló contra el techo del
Cressida. En los árboles empezaron a moverse unas
sombras oscuras. Antes de que pudiéramos darnos
cuenta, un grupo de babuinos empezó a bombardearnos.
¡Primates terroristas! Nos amenazaron enseñándonos los
dientes y empezaron a chillar como locos. Nos volvimos a
meter corriendo en el coche y Aabo nos sacó de allí.
Apenas habíamos recorrido diez metros cuando paró
delante de un recinto con una señal en la puerta que tenía
un pino dibujado. Se me paró el corazón cuando me dijo:
—Bienvenido a *Pine Tree*, tu nueva escuela.

—Niños, por favor, demos todos juntos la bienvenida
a Hirsi —anunció mi nueva profesora, la señorita Mumbi.
—Viene de Somalia —lo único que entendí fue mi nombre
y el de mi país, todo lo demás me resultó un amasijo
incomprensible de palabras extrañas. Hasta su forma de
pronunciar mi nombre me resultó exótica: no «Xirsi»,

sino «Hirsi». Aun así, la clase entera me dio una calurosa bienvenida. Era un grupo bien alimentado de escolares de seis años, pobres angelitos... carne de paliza a la salida del colegio. Una niña keniata, con el pelo tan rizado que parecían bolitas de cuscús, me miró como si fuera un caníbal a punto de sorber su *dhuux*, su nariz. Si existiera un Dios, me habría sacado de aquella escuela y me habría llevado volando de vuelta a casa con los míos, con la gente a la que conocía y entendía cuando me hablaban. Empecé a perder la fe aquel día.

La señorita Mumbi, sin embargo, conservó la suya; pero no en Dios ni en el plan educativo de la escuela infantil *Pine Tree*, sino en las enseñanzas de los insurgentes del Mau Mau. Era una militante del nacionalismo anticolonial keniata haciendo el papel de profesora de infantil. Envuelta en la colorida tela de su *kanga*, utilizaba el alfabeto como la herramienta perfecta para descolonizar nuestras mentes intoxicadas por las películas de Disney. Mientras el resto de escolares aprendían que la «A» es de «Árbol», la «B» de «Burro» y la «C» de «Casa», nosotros nos las teníamos que apañar con una «A» de «*Ameru*», «B» de «*Bukusi*» y «C» de «*Chonyi*». La señorita Mumbi nos confundía con sus listas de clanes y lenguas keniatas: «*Kore*», «*Maragoli*», «*Pokomo*» ... Si apenas sabía chapurrear inglés, ¿cómo iba a saber lo que significaba «*Pokomo*»? La única palabra que podía entenderle era «reina». Se volvía hacia las niñas y les decía: —Queridas, vosotras sois todas unas reinas —a lo que uno de los chicos indios preguntó, para carcajada de toda la clase: —¿puedo ser yo también una reina?

La hora de contar cuentos se convertía siempre en un mitin político: la señorita Mumbi añadía a cada cuento un poquito de esencia keniata e ilustraba sus versiones en la pizarra. «Rapunzel» se convertía en «Rehema», una niña prisionera en el Fuerte Jesús de Mombasa. Rehema tenía un pelo afro que crecía y crecía sin parar, llegó un punto en el que su pelo era más grande que toda ella y le hacía parecer un chupachups; creció tanto que un día destrozó el techo del fuerte, se expandió por el cielo y alcanzó las estrellas. Su pelo afro se abrazó a la luna y liberó a Rehema de su prisión.

—Cuando Rehema se hizo mayor, contó su historia a sus hijas y ellas se la contaron a las suyas. Incluso después de morir, su pelo afro siguió existiendo.

Para demostrar esa idea de permanencia, la señorita Mumbi se atusó su perfecto pelo afro.

—¡Yo también quiero un pelo afro! —dijo una niña blanca con coletas.

—Pues díselo a tu mamá. De hecho, decidle todos a vuestras mamás que queréis llevar el pelo afro.

Creo que a la señorita Mumbi se le había subido un poco el poder a la cabeza.

—Mañana os leeré la historia de Jomo y las habichuelas mágicas.

Después de la hora de contar cuentos, salimos al recreo. Los babuinos gritaban en los pinos: —¡Uaa, Uaa! —no podía verlos, pero se oían cerca. Me imaginé a un babuino balanceándose entre las ramas y aterrizando en mitad del patio. Los niños gritarían y echarían a correr, pero el babuino sería más rápido que ellos; agarraría a uno de los niños y se lo llevaría a los pinos, lo sazonaría como a un plato de *nyama choma*, con su sal y su pimentón picante, y lo engulliría en un santiamén. Luego, en señal de advertencia, escupiría los huesos al patio de la escuela.

Como no quería ser yo a quien se comiera el babuino, hui corriendo hacia la biblioteca y me escondí entre las estanterías llenas de *buugaag*, de libros. Los de Disney eran mis favoritos, acaricié el lomo de cada uno de ellos y me impregné de su elegancia. Para mí, aquellos libros eran textos sagrados, veneraba cada historia, cada ilustración. Esos cuentos hablaban de amor, de pérdida, de miedo, de inocencia y de fortaleza. Mi único Dios verdadero era la Imaginación. Yo era musulmán, pero mi auténtica religión era la literatura.

El Dios de la Imaginación habitaba en los cuentos. Los mejores eran los que hacían que te enamoraras. Fue mientras ojeaba *La bella durmiente* cuando conocí a mi primer amor: Ivar. Tenía seis años y era un *bello ragazzo* de pelo y cejas rubias; tenía los ojos de un azul profundo y le faltaban las dos paletas.

Sin embargo, el camino hacia el país de Nunca Jamás estaba vallado con alambre de espino. Había tres cosas que me impedían seguir avanzando:

1. El objeto de mi afecto no sabía que era el objeto de mi afecto.
2. El objeto de mi afecto prefería a Action Man antes que a la princesa Aurora.
3. El objeto de mi afecto era un chico y amar a un chico no estaba permitido.

Pero imaginar sí estaba permitido y en mis sueños, Ivar se convertía en mi príncipe y se abría paso entre los espinos para venir a rescatarme; mataba dragones protegiéndose del fuego empuñando escudo y espada al son de una melodía de Tchaikovsky. Ivar era Michael Jackson en el videoclip de *Bad* y me besaba para romper el hechizo. Me besaba, pero lo único que se rompía era mi corazón... Ivar nunca sería mío.

Mientras Ivar deambulaba en mis sueños, las pesadillas de mis padres volvieron a la CNN. La televisión inundaba nuestra realidad de malas noticias sobre Somalia: grupos de jóvenes eran violados y mutilados, a un anciano le arrancaban los dientes de cuajo con unas tenazas hasta que moría desangrado. Me preocupaban mi abuelo y mi abuela, que seguían en Somalia. Sabía que Ayeeyo sobre-viviría, ella era fuerte y resolutiva, pero Awoowe estaba senil y no podría distinguir un cargador de balas de un

paquete de chicles. Le preguntaba a Hooyo todos los días:
—¿Cuándo volveremos a casa?

—Pronto, cariño. Pronto —suspiraba.

—Eso es lo que me dijiste ayer.

—Está en manos de Dios, hijo mío.

—A lo mejor Dios no está haciendo muy bien su trabajo.

Me dio un guantazo por blasfemar de esa manera, pero yo seguí insistiendo: —Dios está castigando a nuestro pueblo.

Hooyo me abrazó y me dijo: —No, hijo mío, nos estamos castigando nosotros mismos los unos a los otros.

Me apretó contra su barriga, redonda como una pelota. Hooyo olía a *barafuun*, a perfume, y a manteca de cacao, a leche y a recuerdos... Hooyo olía a nuestro hogar.

Pero en Kenia, nuestra casa olía a miedo, un olor que ni el aroma a incienso del *foox* era capaz de disimular. Vivíamos demasiado cerca de la comisaría central de Kilimani. Puede que mis *waalid*, mis padres, se hubieran reinventado a sí mismos, pero para los *booliis*, los policías que teníamos al lado, seguíamos siendo unos refugiados bastardos que mamaban de los pechos de acero del Estado hasta que no quedaba una gota de leche para alimentar a sus hijos legítimos. La ironía era que los pechos de acero del Estado estaban más gastados que las cintas de Donny Osmond de mi padre, que hasta el último resto de nutrientes había sido consumido por el régimen de Moi. Pero eso no hacía más que empeorar la oleada de odio y rechazo general hacia los somalíes.

La mayoría de somalíes vivía en Eastleigh, un suburbio cuyo ambiente haría palidecer a los habitantes de Soweto. Sin embargo, a pesar de toda la mugre y los matones, la economía de la zona había empezado a crecer a un ritmo de treinta millones de dólares al mes. Aquellos somalíes eran los reyes de las finanzas; los reyes de las finanzas procedentes del tráfico de inmigrantes... La policía diseñó un plan de acción: armados con fusiles AK47, comenzaron la caza. Podías estar trabajando o haciendo tus negocios y de pronto te arrestaban, aunque en el fondo no eran tan crueles, siempre te daban varias opciones: «*Kipanda*», «*Kitu kidogo*» o «*Kakuma*». Casi nadie contaba con el *kipanda*, la tarjeta de residencia que te permitía vivir legalmente en Kenia, por lo que acababan pagando «una pequeña suma», *kitu kidogo*. Kakuma no era una opción: aquel era uno de los campos de refugiados más grandes de toda África; se le conocía como el país de Nunca Jamás: el que entraba, jamás salía.

A mis padres el plan de acción de la policía no les hacía mucha gracia, así que se inventaron el suyo propio:

- Instrucciones de Aabo para Waithaka, nuestro guarda: nunca abras la puerta a la policía.
- Instrucciones de Hooyo para Mary, nuestra criada: nunca digas a nadie que aquí viven somalíes.
- Instrucciones de Aabo y Hooyo para nosotros: no podéis jugar en la calle.

Los *booliis* se convirtieron en nuestros hombres del saco. Por la noche, el más mínimo ruido resultaba siniestro, ya fueran los perros ladrando cada vez que chirriaba la puerta del jardín o alguna lechuza ululando. Aziza y yo compartíamos habitación y nos escondíamos debajo de las sábanas.

—¿Qué pasará si nos pillan? —me preguntó Aziza, que tan solo tenía cinco años.

—No nos van a pillar —le dije sin sonar muy convencido.

—¿Pero y si nos pillan?

—No lo harán, *Insha Allah*.

—¿Me protegerás?

—Claro que sí.

—¿Me lo prometes?

—Te lo prometo.

—Júralo por que te mueras ahora mismo.

—Somos musulmanes, nosotros decimos *wallahi billahi tallahi.*

—Pues dilo entonces.

—*Wallahi billahi tallahi.*

—¿Me puedo meter contigo en la cama?

—No.

—*Fadlan*, porfa...

—Que no, que seguro que te meas.

—Llevo pañal.

Siendo así, me lo pensé. Un segundo después, me hice a un lado y ella se acurrucó en la cama conmigo. Nos quedamos así, a oscuras, con las orejas pinas por si escuchábamos algo raro.

—¿Xirsi?

—¿Qué?

—Cuéntame un cuento.

Había una vez una chica que vivía en el barrio de Lavington a la que llamaban Negrakohl. Era la voluptuosidad en persona: caderas anchas, labios carnosos, el pelo afro... Tenía los ojos negros como el café y la piel más oscura que el regaliz. Negrakohl era toda una *supuu*, un auténtico pibón, pero su madrastra Inmaculada la consideraba un ser despreciable, «una ballena que ha aprendido a hablar y a caminar». Inmaculada, tal y como indicaba su nombre, se obsesionaba por todo: por su peso, por su tono de piel, por el cuidado de la casa, por la higiene... Se bañaba en leche, aunque el resto del país la tuviera racionada; nutría su piel con huevo, aguacate y decolorante; vestía blusas con hombreras y llevaba pelucas del más fino pelo de caballo. Inmaculada era una plebeya que haría parecer vulgar a la mismísima Diana de Gales.

Un curandero acudía todas las semanas a tratar sus supuestas dolencias. Estas iban desde disputas con los familiares de su difunto esposo, que insistían en que ella lo había matado (acusación que, por supuesto, ella siempre negaba), a peleas con sus empleados, que la acusaban de abusar de ellos (acusación que, por supuesto, también negaba, aunque le encantara azotar en el culo a su criada Purificación).

El diagnóstico del *daktari* fue sencillo, se trataba de un claro caso de enviditis: cualquiera que deseara a Inmaculada algún tipo de mal, padecería ese mismo sufrimiento en sus carnes. El doctor le recetó sus brebajes. Los familiares de su difunto esposo se fueron con la música a otra parte y Purificación dejó de decir tonterías (aunque a Inmaculada le seguía gustando darle un azote en el culo de vez en cuando).

El doctor, sin embargo, no le comunicó a Inmaculada que ella también padecía de enviditis. Ella siempre le preguntaba: «*Daktari, daktari*, ¿quién es la más bella de todas?». El doctor, que tenía dos dedos de frente, le contestaba: «*Ni wewe tu*. Usted, señora, usted es la más bella de todas». Si se hubiera atrevido a decir otra cosa, Inmaculada habría contratado a un sicario para quitarse de en medio a su competencia, por lo que su potencial clientela se hubiera visto seriamente mermada.

Un día, mientras Inmaculada y su doctor tomaban el té, Negrakohl entró en el comedor vestida con un colorido *kanga*. La tela ceñida acentuaba sus curvas. El doctor casi escupió su té. Negrakohl cogió sus libros y salió de la habitación como había entrado.

—¡*Haki*, de verdad! Estoy criando un elefante —suspiró Inmaculada—. Esa muchacha es capaz de comerse un potaje de *githeri* de su mismo tamaño. No me extraña que nuestros empleados estén tan malnutridos, ¡si ella se come su comida!

—La muchacha es muy sexy, esas curvas son señal de salud.

—¡*Ati*! ¿Me está diciendo que Negrakohl es la más

bella de todas?

—Eh... —el doctor empezó a sudar—. No, por supuesto que no —pero Inmaculada sabía que estaba mintiendo.

—Entonces se encargará usted de destruirla. Si no lo hace, ni todo el *juju* del mundo podrá salvarlo.

—*Sawa, sawa*, está bien.

Pero el doctor no estaba dispuesto a cumplir las órdenes de Inmaculada, así que en su camino de vuelta vio a Negrakohl leyendo en el porche y fue inmediatamente a avisarla.

—¡*Ngai*, por Dios! Sabía que mamá estaba loca, pero no loca como para ingresarla en el manicomio de Mathari. ¿Qué cree que debo hacer, *daktari*?

—Tienes que huir a Kawangware, allí nunca podrá encontrarte.

Así que Negrakohl corrió hacia Kawangware. Envuelta en su *kanga* y en pantuflas, sintió que no estaba preparada. En cuanto entró en el suburbio de Kawangware, se tapó la nariz. Las aguas fecales corrían por todos sitios y las moscas se apilaban sobre los montones de heces. Un niño había plantado unas flores en una de las boñigas.

—¡Señorita Mumbi, señorita Mumbi, venga a mi despacho!

La señorita Edna, la directora inglesa, interrumpió el cuento. Estábamos tan embelesados con la historia que se oyó un «¡Nooo!» general.

—No os preocupéis, mis *watoto* —nos consoló la señorita Mumbi mientras la señorita Edna la acompañaba fuera de clase—, después terminaré de contaros la historia de Negrakohl y los siete pandilleros.

Toda la clase estalló de alegría, pero yo pude escuchar a la señorita Edna decir entre dientes: «no si yo puedo evitarlo».

Ivar se me acercó y me dijo que su madre se había quejado de la señorita Mumbi. Yo no le dije que Hooyo también se había quejado de ella.

—Se supone que debe enseñarte inglés, no keniata —
protestó Hooyo. Así que empezó a darme clases ella
misma. Avanzaba con mi vocabulario cada día. Al principio me costó trabajo, pero en poco tiempo pude enlazar
frases enteras.

—¿Por qué se quejó tu madre? —le pregunté a Ivar.

—Dijo que la señorita Mumbi es una maestra pésima.

—¿Por qué? —quería que siguiera hablándome, su
aliento olía como el de un bebé.

—Porque lo es.

Ivar tenía el pelo más bonito que el de la Barbie de
Aziza. ¡Era tan guay!

—No me ha gustado la historia de la señorita Mumbi
—me susurró al oído.

—Es una historia bonita.

—¡No, es horrible... ha convertido a Blancanieves en
una negra!

—¿Y?

—¡Todo el mundo sabe que Blancanieves no es negra!

De pronto Ivar dejó de parecerme tan guay. Para mí,
la versión de la señorita Mumbi era perfecta; disparatada,
pero perfecta. Se lo dije a Ivar. Él se me quedó mirando y
me dijo algo que me dolió mucho:

—¿Es que eres un refugiado?

Quise que me quitaran el estatus de refugiado. *Sharci
la'aan*, vivir fuera de la ley, suponía una vida llena de
vergüenza. La policía keniata también lo pensaba; nuestra vergüenza era su sueldo en negro. Aquella tarde
consiguieron entrar en nuestra urbanización. Waithaka,
nuestro guarda, se había acercado al quiosco; de todas
formas, no habría podido evitar que entraran.

Mary se estaba comiendo un plato de *matoke* en el
porche cuando los vio. Se metió corriendo en casa para
avisarnos.

—¡*Ngai, mama*! ¡Viene la policía!

Hooyo nos metió inmediatamente en su habitación. Sonó el timbre.

—Mary, no dejes que entre, y no les digas que vivimos aquí.

—*Haya, mama*, está bien.

Hooyo nos encerró en el vestidor y echó el pestillo. El vestidor de mis padres olía a incienso y a perfume de Ungaro. Aziza y yo a veces usábamos el pintalabios de Hooyo y llenábamos el espejo de besos; en aquel momento, sin embargo, nos acurrucamos en el suelo y empezamos a rezar.

—¡*Uskut*, callaos! Ahora no es el momento —nos regañó Hooyo; luego se echó la mano al vientre y ahogó un fuerte gruñido.

—¿Qué te pasa, Hooyo? —preguntó Aziza.

—Nada, cariño —Hooyo empezó a respirar con fuerza.

—¿Viene el bebé? —pregunté yo.

Hooyo no dijo nada, solo se echó el dedo a los labios para pedir que nos calláramos. Los chorros de sudor le caían por la frente.

Desde el vestidor podíamos oír a Mery discutir con los *booliis*, pero no entendíamos qué estaban diciendo. Hooyo empezó a hiperventilar y el suelo se mojó de pronto.

—¡Qué asco, Aziza! ¡Te has meado!

—Yo no he sido, es Hooyo.

Tenía razón, Hooyo se había hecho pis en el suelo. Sentí náuseas y miedo a la vez.

—He roto aguas.

—¿Eso qué significa?

—El bebé ya viene —Hooyo puso cara de empezar a gritar en cualquier momento; le metí unos calcetines de Aabo en la boca.

—¡Muerde esto!

Aziza empezó a llorar.

—¡*Uskut!* —le regañé—, Hooyo nos necesita.

Escuchamos a alguien entrar en la habitación; aguantamos la respiración. La manivela del vestidor empezó a moverse y después alguien golpeteó la puerta; yo me puse delante de Hooyo y de Aziza para protegerlas.

—*Mama* —se escuchó la voz de Mary—, la policía se ha ido.

No le hicimos caso y empezó a intentar abrir la puerta del vestidor otra vez.

—*¡Haki!*, en serio... se han ido.

—¡Júralo por que te mueras ahora mismo! —le dije.

— *Wallahi billahi tallahi.*

Abrí la puerta del vestidor; Mary corrió a sacarle a Hooyo los calcetines de la boca.

—*Mama*, ven a la cama, la policía ya se ha ido.

—Mary, ¿qué pasa a Hooyo? —lloriqueó Aziza.

—Todo saldrá bien —Mary consiguió tumbar a Hooyo en la cama—. Xirsi, corre y llama a papá.

—Yo ayudo a Hooyo.

—¡Puedes ayudar llamando a tu papá! —me gritó, echándome de la habitación.

Me escabullí hasta el comedor y marqué el número de la oficina de Aabo.

—¡Voy enseguida!

—¡Date prisa, Aabo, date prisa!

El bebé nació en la habitación de Hooyo: fue niña. En honor a la mujer que la había ayudado a venir a este mundo, Hooyo le puso el nombre de Maryam.

—¿Y por qué no le has puesto simplemente Mary? —pregunté extrañado.

—Porque somos musulmanes, para nosotros es Maryam.

Nos arremolinamos todos alrededor del bebé. Tenía el pelo finísimo, la nariz diminuta y los labios carnosos de Hooyo, ¡era guapísima!

Cuando Aabo entró por la puerta, lo primero que hizo fue subirle el sueldo a Mary, luego despidió a Waithaka por no haber sabido protegernos y por último abrazó a Hooyo.

Me quedé mirando a mi familia y me acordé de la escena en la que nace Bambi: Hooyo era la madre cierva, Maryam Bambi y Aziza Tambor. Aabo, Mary y yo éramos las criaturas del bosque que iniciaban las celebraciones. Aabo de hecho siguió celebrándolo hasta mi último día de escuela. Llevaba puesta a Sade en el coche de camino a Pine Tree. Mientras él cantaba *The Sweetest Taboo* volví a ver el grupo de *chokoras* parado en la puerta del *Studio House*. El chico que el día anterior me había hecho la peineta, esta vez me sacó la lengua; me dio un escalofrío al pasar por delante de ellos. Al volver a entrar en Kinda-ruma Road me dio pánico la idea de que los babuinos nos atacaran de nuevo, pero no los vimos, al menos no por el momento.

Para celebrar el fin de curso, las profesoras habían preparado una fiesta para los parvulitos. Nos pusimos gorros y bebimos Sunny Delight. Las sesiones de cuentos políticos se habían terminado desde que despidieron a la señorita Mumbi tres semanas antes; tuvimos que lidiar con las aburridas historias de la señorita Consolata. Echaba de menos el sentimiento de orgullo de la señorita Mumbi, su conciencia sobre los grandes dramas de la nación y su obsesión con la descolonización. El curso siguiente empezaría mis clases en la Academia San Agustín, un colegio privado de Lavington. Aabo me había matriculado en el curso que me correspondía por mi edad, pero no me sentía preparado aún con mi torpe nivel de inglés. Sabía que iba a echar de menos la educación preescolar, al menos en ese nivel no se notaba tanto mi atraso.

Cuando terminó la fiesta, Ivar se me acercó y me pidió perdón por haberme llamado refugiado.

—Hirsi, ¿qué significa refugiado?

—Significa que no tienes casa; significa lucha, muerte.

—¿Alguna vez has visto un cadáver?

—Sí.

—¡Guay!

Parecía que le interesaba ese tema, así que le conté todo tipo de historias al respecto.

—¿De verdad has visto todo eso?

—Sí, todo eso.

—¿Y tu mamá te protegió?

—Mi mamá y mi papá.

—¿Vais a volver a Somalia?

—Yo quiero mucho volver, pero Somalia no está bien, peleas todo el tiempo.

—Bueno, ahora puedes quedarte aquí.

—Sí, nos quedamos.

—Hirsi... ¿me prometes que serás mi mejor amigo para siempre?

—Lo prometo.

— Júralo por que te mueras ahora mismo.

—Soy musulmán, yo digo *wallahi billahi tallahi*.

Poco después, mientras el resto de niños jugaba dentro, Ivar y yo fuimos a los columpios del patio. Él me empujaba un rato y luego yo a él; cada vez que me empujaba él a mí, yo gritaba de felicidad echado hacia atrás... fue el momento más feliz de mi vida, pero duró poco.

—¡Vamos a trepar a los árboles! —dijo Ivar.

—No, Ivar, me dan miedos los monos.

—No seas cagueta, verás como te lo pasas bien.

No estaba nada convencido, pero quería complacerle, así que le hice caso. Detrás de la escuela había un pino enorme. Nos acercamos e Ivar me pidió que le ayudara a subir; apoyó un pie en mis manos y lo levanté hasta que pudo alcanzar la primera rama.

—Ya vale, Ivar, bájate ya. La señorita Consolata nos va a regañar.

—Me da igual —me dijo mientras se balanceaba de

rama en rama. Me daba tanto miedo que se cayera que cerré los ojos.

—Mira, Hirsi. ¿A qué tú no puedes hacer esto? —se quedó colgando de una rama con una sola mano.

—¡Ivar, no hagas eso, por favor!

En cuanto dijo de subir más alto, escuché el familiar «¡uaa, uaa!». Como en la peor de mis pesadillas, un babuino apareció de pronto balanceándose en el mismo pino. Ivar estaba ya demasiado alto como para saltar.

—Buscaré ayuda —le grité, pero Ivar no quería que me fuera.

—¡Por favor, no me dejes solo! —empezó a llorar.

El babuino empezó a gritar como un loco cuando alcanzó la rama de la que estaba colgado Ivar. Sabía que iba a matarlo, así que empecé a gritarle que saltara. Pero Ivar estaba paralizado, no quería soltarse y el babuino iba a por él.

—¿Si salto me cogerás? —me dijo llorando.

—¡Te lo prometo!

—Entonces di *wallahi billahi tallahi*.

—*Wallahi* —el babuino se lanzó hacia Ivar y en ese momento se soltó de la rama. Yo quise cogerlo, pero su cabeza se estrelló contra el suelo antes de que pudiera alcanzarlo; pude oír cómo se le rompieron los huesos. Quedó tumbado en el suelo hecho un ocho, con los ojos abiertos y un chorro de sangre brotándole de la boca. Ivar era la Bella Durmiente y yo el príncipe que debía despertarla, así que apreté mis labios contra los suyos y le besé, le besé hasta que pude sentir el sabor de su sangre.

—Ivar, por favor, despierta...

Pero Ivar no era la Bella Durmiente y aquel cuento no iba a tener un final feliz; no era ni siquiera Negrakohl y los siete pandilleros, un cuento con principio y sin final... Ninguno de los cientos de cuentos que había leído en mi vida me habían preparado para aquello.

Cuando levanté la vista, la escuela al completo se

había arremolinado a nuestro alrededor. Los niños lloraban y la señorita Edna corrió a llamar a la ambulancia. La señorita Consolata me acercó al grifo del patio para lavarme.

—¿Me van a deportar? —le pregunté sin poder contener el llanto.

Me dijo que no, pero el tono en el que me lo dijo sugería otra cosa.

¿Qué pasaría si me deportaban?, ¿qué harían con mi familia? Empecé a vomitar. La señorita Consolata dijo algo, pero lo único que pude oír fue al babuino gritando en los árboles. No habría podido decir si gritaba de hambre o de exaltación, o si solo se reía del mono que llevaba por detrás en la camiseta.

SHOGA

Mi abuela sabía manejar mi pelo afro como quien se toma en serio todo lo que hace. Hundía sus dedos hasta llegar a las raíces y si veía algo de caspa, enseguida agarraba las tijeras y empezaba a gritar:

—¡*Waryaa*, por Dios! O te cuidas este pelo o te juro que te dejaré la cabeza como el culo de un bebé.

—*Ayeeyo*, te he pedido que me hagas trenzas, no que me sueltes un puto sermón.

—¡*Hododo*! —dio una palmada al aire—. Si eres capaz de aprender a hablar así puedes aprender a mantener un mínimo de higiene personal.

—¡Jo, *Ayeeyo*!

—¿Es que no llevo razón? Además, esto de estar todo el día haciéndote trencitas tiene que terminarse; eres un hombre hecho y derecho, no un travesti.

—Sabes que me quieres —le sonreí—. ¿Y qué hay de malo en ser travesti? Tienen un estilazo.

Me tiró del pelo y me dijo: —*Waryaa*, si te haces gay... *walaahi*, te juro que te hago *saar*.

Saar era un tipo de exorcismo somalí. Los «poseídos», que era la forma de referirse a los enfermos mentales, se enmendaban. Los chamanes aporreaban los tambores para liberar a los espíritus atrapados en el cuerpo de los poseídos, que se sacudían y se retorcían, y si se ponían demasiado remolones, recibían el tratamiento reservado normalmente a los criminales. Esta era una superstición muy extendida en los pueblos y mi abuela, una mujer de campo de pies a cabeza, conocía perfectamente su eficacia a la hora de prevenir comportamientos inaceptables.

Sonreí mientras mi abuela seguía estimulando mis folículos. Ella no sabía que yo era gay, pero a mí siempre me ha encantado serlo. Está claro que Kenia no era precisamente el país al final del arcoíris, pero mi sexualidad me daba más de una alegría: era joven, espabilado y tenía las pelotas bien cargadas. Puede que no hubiera sitio para mí en el cielo, pero no me iba mal comiendo del fruto prohibido aquí en la tierra.

Tenía diecisiete años y era experto en dos cosas: fumar porros y follar. Solo había una persona en el barrio que pudiera ofrecerme ambas cosas en bandeja: Boniface.

Pero me estoy adelantando, queridos *bambinos*. Una buena historia sin un buen planteamiento es como un trozo de carne sin hueso: no tiene jugo. Así que vamos a retroceder un poco.

Mi familia se mudó a Kenia en el 91, después de que mi padre consiguiera sacar nuestros culos de Mogadiscio. No tengo demasiados recuerdos de Somalia, era apenas un crío cuando nos fuimos, pero con el paso de los años, Mogadiscio se fue convirtiendo en un mito, algo que solo era posible gracias a la memoria selectiva. Fue años después cuando conocí el término preciso para lo que mi familia y otros millones de somalíes habían vivido durante la guerra: estrés postraumático.

Pero mi padre no era de los que perdían el tiempo; se puso a trabajar y empezó a amasar una pequeña fortuna vendiendo mantas y medicinas a las ONGs que se dirigían a Mogadiscio. Mi madre también puso de su parte y empezó a trabajar en una farmacia del barrio de Hurlingham. Mientras Baba y Mama se encargaban de ganar un poco de dinero, mi abuela cuidaba de la casa.

Todo cambió en el 94. Mis padres volvían de cenar en un restaurante italiano cuando los paró la policía. Les pidieron que salieran del coche, pero mi padre se negó. Los policías keniatas son los mayores delincuentes a ese lado del Sahara: si quieren chantajearte, nadie les va a parar los pies; si quieren quitarte de en medio, nadie puede evitar que lo hagan. Mi padre lo sabía muy bien, por eso se negó a salir del coche. Sin dudarlo siquiera, el policía le disparó tres tiros en la cabeza. A mi madre le reventó los sesos en cuanto empezó a gritar. Sus cuerpos aparecieron flotando al día siguiente en el río Athi. Yo tenía siete años.

Aunque mi abuela estaba ya haciéndose mayor, tuvo que hacerse cargo de nosotros dos. Nuestro pequeño dúplex estaba pagado, por lo que eso no fue un problema. Mis padres tenían un seguro de vida, pero no fue suficiente para mantenernos a los dos. Mi abuela cogió la mitad de ese dinero y lo invirtió en un pequeño negocio de compraventa que regentaba en el comedor; el resto fue para pagar mis estudios.

Después de unos años, mi abuela decidió que necesitaba a alguien que le echara una mano con la casa; cada vez le costaba más agacharse, fregar el suelo, hacer tres comidas diarias, criar a un adolescente y encima sacar adelante su negocio. No quería que entrara otra mujer en su casa, quería a un hombre lo suficientemente fuerte como para cocinar, limpiar y llevar agua hasta el depósito, quería un hombre que nos protegiera de los intrusos, quería un héroe a precio de saldo.

Que entre en escena Boniface...

Boniface era de Burundi y eso a mi abuela le gustaba; le gustaba el hecho de que fuera un refugiado como nosotros, aunque a mí lo que de verdad me gustaba eran sus músculos. Donde ella veía unos brazos capaces de cargar con tres sacos de arroz a la vez, yo veía carne de primera. Papi era guapo y tenía pinta de estar bien dotado; me relamí los labios y me preparé para ir a por todas.

Me asomaba a la ventana todos los días para verlo lavar la ropa en el patio. Cuando el aire se cargaba de humedad, se quitaba la camiseta, la doblaba y la dejaba en el suelo.

El sudor le empapaba los pectorales. Cada vez que me veía, me sonreía y me guiñaba un ojo, yo le sacaba la lengua y él apretaba el puño y hacía como que se golpeaba la cara, entonces yo le hacía la peineta.

—¡Se lo voy a decir a Ayeeyo! —le brillaban los ojos.

—Díselo —me reí.

—Te dará tu merecido —me advirtió.

—¡Y yo te daré a ti el tuyo!

—¡A ver si te atreves! —me dijo, marcando músculos.

—¿Has probado alguna vez un puño volador?

—Querrás decir un puño voceador...

—¿Me estás poniendo a prueba?

—Me parece que sí —me contestó.

—Pues te vas a enterar. Esta noche. En el patio de atrás.

Se echó a reír.

—Ya veremos quién le da una paliza a quién.

Aquella noche nos colamos en el patio de atrás. Mi abuela estaba dormida, así que intentamos no hacer ruido. Solo quería sentir su cuerpo contra el mío, y si para conseguirlo tenía que enfrentarme con él en combate, ¡que empiece el espectáculo! Pensé que se lo tomaría con calma, pero me levantó como a un pelele, dispuesto a ganar en un segundo.

—¡Suéltame! —grité mientras me retorcía en sus brazos.

—¿Cómo dices?

—¡Que te follen!

—¡Vale, vale! —me dijo, sujetándome más fuerte—. Te suelto con una condición.

—¡Ni de coña!

—¿Seguro? Tiene recompensa...

Agucé el oído. —¿Qué clase de recompensa?

Me bajó y se echó la mano al bolsillo. Sacó un porro. Me aseguró que lo había preparado con la mejor *purple haze*. Se me hizo la boca agua.

—Nunca fumo a solas —me aseguró—, así que estaba pensando que a lo mejor...

—¡Sí! —no le dejé ni terminar— Te acompaño.

—Pero si Ayeeyo nos pilla, tú asumes la culpa.

—¡*Toka*, paso! —me burlé.

—Venga... sé que quieres un poquito... —jugueteó con el porro.

Me limpié la baba y acepté el trato. —¡Pero lo enciendo yo!

Nos fuimos a su cuarto y empezamos a fumar. La habitación de Boniface había sido siempre un almacén, pero él lo había transformado con un poco de pintura y algún póster. Tenía un radiocasete y una pila de cintas de contrabando encima de la mesita de noche. Las cintas eran de artistas como Koffi Olomide y Papa Wemba.

—¿No tienes nada de hip-hop? —le pregunté.

—El hip-hop es una mierda, escucha esto —sacó una cinta y la puso, luego se estiró en la cama y me pasó el porro.

La hierba empezó a hacerme efecto en cuanto empezó a sonar la música. Era una vieja grabación de soul. El cantante tenía una voz que me hacía sentir sofisticado. Me puse de pie y empecé a contonear las caderas; Boniface se me quedó mirando, sonrió y se acarició el pecho. Me acerqué y me eché a su lado. No se apartó ni un milímetro, al contrario, se me quedó mirando fijamente y me acarició la mejilla con su mano áspera. Descubrí que tenía un lunar debajo del ojo derecho. Lo acaricié, tenía la piel suave.

Dejé el porro en el cenicero, me quité la camiseta y me bajé los pantalones cortos. Me besó; la boca le sabía a hierba. Interrumpió el beso para desabrocharse la camisa. Su abdomen era una tableta de chocolate. Se quitó los pantalones; no llevaba calzoncillos. Tenía los muslos apretados, estaba empalmado. Me agaché y empecé a chupársela. Olía a jabón. Empezó a mover sus caderas adelante y atrás; tuve que parar para coger un poco de aire. Aprovechó para ayudarme a quitarme los calzoncillos. Me abrió de piernas, lamió hasta el último centímetro de mi piel y no paró hasta que supo que estaba listo para darme caña. Solo entonces volvió a coger el porro y le dio una calada profunda. Exhaló el humo dentro de mi boca. Estaba listo.

Aquella noche follamos hasta que la cama amenazó con romperse. Después de corrernos, fuimos a la cocina y nos hicimos un poco de té y una tortilla de patatas. Engullimos la cena y volvimos corriendo a su habitación para fumar un poco más.

Mientras nos pasábamos el porro, pensé en lo que acababa de suceder. Había tonteado antes con otros chicos, eso está claro, pero aquello había sido distinto. Boniface era un hombre que follaba igual que comía: con ansia. Me provocaba su imagen disfrutando de mi cuerpo una vez más. Me metí en la cama soñando con burbujas que jamás explotarían.

Al día siguiente, después del colegio, corrí hacia la casa y me encontré a Boniface haciendo la cena. Ayeeyo estaba sentada a su lado fumando de su cachimba.

—¿A qué viene tanta prisa? Normalmente tengo que arrastrarte a la fuerza. ¿Qué te ha dado?

—Es que tenía ganas de verte —le di un beso.

Me echó una mirada que quiso decir «*Wacha mchezo*, déjate de bromas». Siguió inundando la cocina de humo. Boniface me miró y yo sonreí; Ayeeyo se dio cuenta, pero no dijo nada.

—Boniface, sírvele la cena a este niño. Tiene que ponerse a hacer los deberes.

—Claro que sí, *mama* —contestó Boniface. Llenó mi plato de pasta. Llevaba unos pantalones cortos muy ajustados y una camiseta de los Beasties. Mi abuela me pilló deleitándome con sus piernas; siguió callada. Boniface cubrió la pasta de salsa y me pasó el plato. Me senté en el porche y esperé a que Ayeeyo se fuera de la cocina.

Se quedó allí hasta las doce de la noche. Para entonces, yo ya me había hartado de esperar y me había metido en la cama. Desde mi habitación, escuchaba a Ayeeyo jugando sola al parchís, haciendo rodar los dados por el tablero. Sabía que le daba miedo irse a dormir, las pesadillas no la dejaban descansar. Se había aferrado a mis padres porque eran lo único que tenía. Tuvieron que pasar años hasta que pudo asumir su pérdida. Yo había pasado a ocupar su lugar. Le daba pánico pensar que si me iba de casa para empezar la universidad tampoco yo volvería nunca. Yo trataba de consolarla, pero no quería que la consolara, quería que le prometiera que eso no sucedería. Nunca pude prometérselo.

Al final, los dados dejaron de rodar; Ayeeyo se había ido a la cama. Fue entonces cuando escuché un golpeteo en mi ventana. Di un salto de la cama y abrí las cortinas de par en par. Boniface estaba detrás de la ventana con una sonrisa de oreja a oreja. Le dije que me esperara en su habitación. Cuando llegué, me lo encontré tumbado en la cama desnudo, fumándose un porro. Me acerqué a él y me aseguré de que no se le resecara la verga. Me agarró de golpe y me tumbó sobre la cama; me desabroché la camisa y me aflojé la correa. Consiguió que me abriera por completo haciendo uso de sus labios, de las yemas de sus dedos y de algunos trucos con la lengua. Sacó un bote de vaselina, se puso un condón y me folló hasta que acabé chorreando de sudor. Después de corrernos, nos limpiamos un poco y seguimos fumando.

—Boniface... ¿tú con qué sueñas?

—¿Yo? Con irme de Kenia —contestó.

—¿Y adónde irás?

—A algún lugar exótico. A Inglaterra, por ejemplo.

—¿Y qué vas a hacer allí?

—Trabajaré como ingeniero. Estudié Ingeniería en

Burundi, mi título me vendrá bien.

—¿Tienes un título? —le pregunté sorprendido.

—Sí, tío. Estudié tres carreras antes de que estallara la guerra.

Me imaginé a Boniface de universitario; seguro que le iría bien en Inglaterra.

—¿*Na wewe*, y tú? ¿Tú con qué sueñas?

—Con el amor.

—Pero tienes amor a tu alrededor. Tu abuela te quiere, yo te quiero...

—¡Tú no me quieres! —me reí.

—¡*Haki*, en serio! Si no no estaría pensando en ti *kila siku*, cada día.

Me puse juguetón. *Hata mimi nakupenda*, yo también te quiero.

—¡Por supuesto! ¡Soy irresistible! —se echó a reír.

Hice como que le daba un puñetazo; él me abrazó fuerte. Dejé su cuarto embriagado de felicidad y de calor. Al entrar de puntillas en mi habitación me di cuenta de que la luz de Ayeeyo estaba encendida y la puerta entreabierta. Me metí en la cama suplicando que no se hubiera dado cuenta de lo que acababa de ocurrir.

Al despertarme al día siguiente, encontré a Ayeeyo preparando el desayuno. Le di los buenos días, pero no contestó.

—¿Dónde está Boniface? ¿Por qué no está preparando él el desayuno?

Ayeeyo ni siquiera me miró, se limitó a añadir un poco de pimiento y tomate a los huevos que estaba preparando en la sartén. Cuando terminó, apagó la hornilla, me puso el plato por delante y dijo:

—Come, el autobús está a punto de llegar.

Su voz rezumaba desprecio. Era lo suficientemente inteligente como para saber que no debía abrir la boca, así que me comí los huevos sin más. Ayeeyo esperó a que hubiera terminado, después me pasó una servilleta y me dijo que me fuera.

—Ayeeyo...

—Vas a perder el autobús —me interrumpió.

Cogí mi mochila y salí por la puerta. Ese día no hubo forma de concentrarme en clase, me aterraba la idea de que Ayeeyo hubiera descubierto mi aventura con Boniface. ¿Qué iba a hacer? ¿Lo habría despedido? ¿Me echaría de casa? Esa tarde llegué a casa hecho un despojo.

Cuando entré en la cocina, encontré a Ayeeyo preparando la cena. Me daba miedo preguntar lo obvio, pero necesitaba saberlo.

—¿Dónde está Boniface?

—No está aquí —contestó con cierta alegría en la voz.

—Parece que te alegras.

—¡Por supuesto que me alegro! ¡Ese hombre era un ladrón!

—¿Y qué ha robado, si puede saberse?

—Algo que no puede reemplazarse —contestó.

—¿Cómo qué?

—¿Acaso importa? Lo que está claro es que era un ladrón y no tolero ladrones en mi casa. Ni drogadictos, dicho sea de paso.

—¡Boniface no es ningún drogadicto! ¿De qué coño hablas?

Se me quedó mirando y soltó una risita.

—¿Entonces qué hacíais los dos fumando hierba en su cuarto anoche y anteanoche?

El estómago me dio un vuelco.

—¡No estábamos fumando! Solo escuchábamos un poco de música...

—Puedo tolerar un poco de marihuana, pero vosotros dos estabais haciendo algo más en ese cuarto, ¡algo que me da ganas de vomitar de solo pensarlo!

Estaba a punto de cagarme las patas abajo, pero mantuve el tipo.

—Dime, Ayeeyo... ¿qué se supone que estábamos haciendo en su cuarto?

Intentó contenerse agarrándose al fregadero, como si literalmente se le estuvieran atragantando las palabras.

—No consentiré que un *fanya kazi* te corrompa, no te convertirás en un... en un...

—¡Dilo, Ayeeyo, dilo! —grité—. ¿No me convertiré en un *khaniis*? ¿En un *shoga*? ¿En un maricón? ¡Pues mala suerte! Porque tengo culo de *khaniis*, Ayeeyo... soy un *shoga*, ¡soy maricón!

Me dio un guantazo tan fuerte que perdí el equilibrio y me caí al suelo. Conseguí incorporarme y le dije:

—Algún día me iré de esta casa y morirás aquí sola y amargada.

Me miró como si le hubiera devuelto el guantazo. Pude ver cómo se le llenaban los ojos de lágrimas, pero no iba a consentir que la viera llorar, así que se fue a su cuarto. Estuvo encerrada allí cuatro días seguidos.

Mi relación con mi abuela no volvió a ser la misma. Dejó de hablarme y nos convertimos en dos extraños unidos solo por los lazos de sangre y una desastrosa historia en común. Cuando terminé el instituto, ni siquiera apareció por la ceremonia de graduación; tampoco me felicitó cuando conseguí la beca para estudiar en Central Saint Martins, en Inglaterra. El día que me fui a Londres no vino a desearme suerte, no me susurró palabras de ánimo al oído ni me pidió que volviera pronto a casa. Me subí a aquel avión con una maleta llena de tristes recuerdos y poco más.

Llamaba regularmente a Ayeeyo desde Londres, pero nunca cogía el teléfono. Empecé a preocuparme por si le había pasado algo. Llamé a Nairobi todos los días durante cuatro años y nunca obtuve respuesta. Pero una de esas veces, una mujer me cogió el teléfono; salté de alegría.

—¡Hola! Quería hablar con mi abuela, ¿está en casa?

—Lo siento mucho, hijo mío —contestó aquella

desconocida—. Tu abuela murió hace una semana, pero nadie se dio cuenta hasta anoche. Se la han llevado a la morgue. Yo era su enfermera.

Sentí que la habitación se había quedado sin oxígeno. Me senté en el suelo e intenté respirar con calma.

—¿Cómo murió?

—Tuvo un infarto cerebral. Lo siento mucho.

—Pero si usted era su enfermera, ¿dónde estaba?

—Ella me pidió que me cogiera la semana libre.

—¡Me está hablando en serio! —le grité—. ¡Y se le ocurre dejar sola a una anciana de ochenta años enferma!

—Lo siento mucho.

Quise estrangularla, pero con quien estaba furioso era conmigo mismo. Era yo el que le había hecho daño a mi abuela, era yo el que la había abandonado. Había muerto sola y eso me partió el corazón. Después de hablar con la enfermera, contacté con algunos familiares en Kenia para pedirles que se encargaran del entierro. En el islam el funeral debe celebrarse justo después de la muerte, así que traspasé mis ahorros a mis familiares y enterraron a mi abuela aquella misma tarde.

Los meses siguientes se convirtieron en una espiral de alcohol y porros. Dejé de ir a clase, no entregué ningún trabajo y casi me expulsan. Solicité un permiso a la universidad y me busqué un trabajo de camarero en un bar sórdido del Soho. Fue allí donde conocí a Ignacio, un inmigrante colombiano que me enseñó a hacer caipiriñas. Cuando terminaba en el bar, nos íbamos a su estudio a beber y a mamárnosla.

Una de aquellas noches, Ignacio puso un antiguo disco de soul que me provocó un pellizco en el corazón; aquella melodía pertenecía a otro tiempo y a otro lugar: era la canción que Boniface me había puesto la primera vez que nos acostamos.

—¿Cómo se llama esta canción? —le pregunté a Ignacio.

—Es *All I Do*, de Stevie Wonder.

Cogí el porro de entre sus dedos, me recosté en la cama y me abrí de piernas todo lo que pude. Ignacio sonrió. Mientras me follaba, cerré los ojos e imaginé que era Boniface el que estaba en su lugar, dándome caña, apretándome como el que ata un nudo para luego liberarme. Pensé en Ayeeyo y en su tumba en Nairobi. Pensé en mi madre y en mi padre. Pensé en nuestra humilde casa de Nairobi, en el baobab y las jacarandas del jardín de atrás y en el porche de la entrada. Mi vida entera zigzagueó en mi cabeza. Después de correrme, me eché a llorar. Ignacio me preguntó si estaba bien.

No le conté nada, no le hablé de mi pérdida; solo le dije: —*Insha Allah*, todo saldrá bien. Me miró con cara rara, pero yo seguí repitiéndolo más y más alto hasta que aquella frase adquirió un efecto sanador; lo repetí hasta que se volvió algo a lo que agarrarse, algo en lo que creer; hasta que dejó de ser un mantra para hacerse realidad.

Si fuera un baile

El tío sabía cómo moverse. Los dedos de sus pies se retorcían en espiral. Llevaba su cuerpo hasta el límite, lo doblaba, lo flexionaba hasta conseguir dominarlo. Posiciones clásicas como el *attitude* o el *arabesque* daban paso a movimientos modernos como el *pop*, el *lock* o el *drop*: ni una gota de sudor.

Semejante control es peligroso.

Conozco ese baile.

Es el nuestro.

C'est énigmatique? Hakuna shida, no os preocupéis: es una historia peculiar, pero la compartiré con vosotros.

El tipo que está ahí arriba se llama Narciso, aunque yo prefiero llamarle Narcissus. Si embotellaran su ego, una sola gota mataría a un escorpión. Viví con él tres años; solo puedo seguir soportándole tres noches más.

Cuando estábamos juntos escribimos una pieza que titulamos «La danza de las hadas», en la que representábamos nuestra relación desde el principio hasta lo que habíamos descubierto demasiado tarde había sido su final. Había fragmentos de diálogo en verso, pero se basaba fundamentalmente en el lenguaje corporal. Nuestra relación era primitiva: follábamos entre pelea y pelea y nos peleábamos entre polvo y polvo. Pero éramos artistas, así que canalizábamos nuestros dramas a través de la danza. La versión final, en cualquier caso, duraba cinco horas y nunca conseguimos llevarla a los escenarios.

Después de nuestra ruptura, conocí a una productora

teatral en un encuentro de artistas. Estaba intentando adoptar una pose cuando me crucé con ella y le conté la idea. Le parecí un fraude, pero aun así me dio su tarjeta con la esperanza de no volver a verme. Le envié el video a la mañana siguiente y la estuve acosando durante meses para que lo viera. Al final lo conseguí y para su propia sorpresa, le gustó. Propuso un pase de tres noches. Ella se encargaría de encontrar el local y de negociar con la dirección. Dijo que no cubriría los gastos de vestuario ni la escenografía, pero insistí en que nos pagara. Nos ofreció el sueldo mínimo, lo cual superaba nuestros ingresos, que eran inexistentes.

El único obstáculo en mi plan de rebajarme cual chapero iba a ser precisamente mi chulo: había creado aquella pieza con Narciso y no podía llevarla a escena sin su consentimiento, así que fui a verle.

—Paso —me dijo sin soltar el cigarro—. Esa mierda es demasiado final de los dos mil, hay que evolucionar.

Eché una ojeada a su estudio: el colchón estaba lleno de manchas, el portátil estaba cubierto de polvo y justo al lado había un bote de lubricante de litro.

—La vida de soltero te sienta bien —le dije mientras escudriñaba un pañuelo acartonado desechado sobre la moqueta andrajosa.

—Estoy ayudando al señor Kleenex a pagar los estudios de sus hijos. ¿Cuánto van a pagar esos cretinos?

—El sueldo mínimo.

—¿Acaso tengo pinta de ser el hermano angoleño de Oliver Twist? Dile a esa perra que si quiere algo tendrá que pagarlo. ¡El sueldo mínimo! —la simple idea le dio risa.

—A los hijos del señor Kleenex les va de puta madre. De hecho, le has hecho tanto gasto con este auto picadero que tienes aquí montado que a sus nietos les irá de puta madre. Nosotros, por el contrario, somos dos artistas muertos de hambre, así que nos toca hacer lo que sabemos hacer.

—¿Y qué se supone que sabemos hacer, Anas? — Narciso arqueó una ceja—. Gato, olvídate de mi polla y búscate a otro que te la meta.

Me dirigí hacia la puerta.

—No pegues un portazo al salir —me soltó mientras se acercaba a por la botella de lubricante—. No quiero que me jodas la concentración.

—Pues concéntrate en lo que te voy a decir: si no apareces mañana en mi piso a las cinco y media para ensayar tendré a alguien que te sustituya para las seis — salí pegando un portazo.

Me la estaba jugando con él. Narciso era capaz de anteponer su orgullo a pagar las facturas. Aun así, acabó apareciendo, aunque a las seis menos cuarto. Nos pusimos manos a la obra y diseñamos un plan: dividimos los distintos fragmentos en tres actos, uno para cada noche de las tres que habíamos acordado. En el primero, «Lo mucho que te quiero», representaríamos nuestro maravilloso primer año de relación; el segundo, «Si fuera un baile», mostraría la época en la que la diversión fue decayendo; el acto final, «El mundo me ha convertido en el hombre de mis sueños», recrearía nuestra ruptura.

—Solo aceptaré participar en esto con una condición — me dijo Narciso.

—Dispara.

—Si esto sale adelante y actuamos juntos, se acabó, estamos en paz. Yo tengo mi vida y tú tienes la tuya, nada de merodear por mi casa preguntando si he ido a trabajar, si tengo algo en la nevera, si me queda algo de ropa limpia... si representamos juntos esta obra, pillamos la pasta y cada uno por su lado, ¿queda claro?

Me mordí el labio y contesté: —como el agua...

—Genial. Pues vamos a darle caña a esto.

Nos pusimos de acuerdo en la música que iba a sonar cada noche: Meshell Ndegeocello para el primer acto,

Amel Larrieux para el segundo y Sade para el tercero. Seleccionamos las canciones del catálogo de cada una de ellas, encontramos un local donde ensayar y nos pusimos en marcha.

La primera sesión fue un desastre: no conseguíamos cuadrar nuestros pasos, no había un movimiento que no estuviera descompasado. Sin embargo, en solo tres días logramos que nuestros cuerpos volvieran a coordinarse como antes. Notaba el calor de su pecho sobre el mío, su olor intenso, su mirada penetrante, el tacto áspero de sus manos sobre la piel delicada de mi cuello, su sudor descendiendo por mi clavícula... volvía a sentirme a gusto a su lado.

Resultaba incómodo despedirse como si nada después de cada sesión. Pero no se trataba de un ejercicio de sentimentalismo; llevaba meses sin pagar el alquiler y mis turnos en el centro de atención al cliente no estaban ayudando mucho a mejorar la situación. Necesitaba el dinero.

Para el séptimo ensayo, la rutina estaba controlada. Coreografiamos al detalle los elementos principales, pero decidimos improvisar sobre los detalles. Definimos el argumento general y cómo íbamos a comenzar y a terminar cada actuación, pero todo lo demás se basaría en la improvisación y en los movimientos que el encuentro de nuestros cuerpos fuera produciendo.

Luego tuvimos que encargarnos de la logística: convencimos a nuestros amigos para que echaran una mano gratis y pronto tuvimos quien se encargara de la iluminación, el sonido y el diseño. El vestuario lo confeccionamos nosotros mismos. Era el momento de comenzar el espectáculo.

«Lo mucho que te quiero»

Se corrió la voz sobre nuestro proyecto y los amigos que

teníamos en común y que habían presenciado en persona nuestro drama llenaron en un segundo los asientos de la pequeña sala que nuestra productora nos había conseguido, aunque impidió que les diéramos las invitaciones que muchos de ellos pensaban que se merecían.

—¿Estás listo? —le pregunté a Narciso justo antes de salir al escenario para la primera función.

Apuró su copa de Tanqueray y soltó: —Vamos a darle caña.

Las luces de la sala se atenuaron. Empezó a sonar *Leviticus: Faggot*, de Meshell Ndegeocello. El sonido del bajo y la percusión serpentearon por mi piel de arriba abajo. Hice mi entrada en escena con movimientos felinos, moviendo mi cabeza al ritmo de la música. Llevaba puesta una peluca afro, así que me sentía lleno de energía: en el pelo, en las caderas e incluso en el trasero. Hice un *demi-plié*, mantuve la posición y después empecé a agitar mi cuerpo con un ritmo frenético. Luego deslicé las piernas al estilo *breakdance*, lo cual animó al público: —¡Guau! ¡Así se hace!

Cuando estaba ya cogiendo tono, Narciso entró en escena. *Leviticus: Faggot* dio paso a *Let Me Have You*. Narciso empezó a rondarme posicionándose en *demi-pointe*. Apretó su cuerpo contra el mío. Lo cogí de la cintura y se dejó caer hacia atrás con cuidado; fue contoneando sus abdominales al elevarse de nuevo. Cuando llegó a mi altura, percibí su aliento: Tanqueray.

Lo aparté de mí. La música se paró.

—¿Qué pasa? ¿Es que no te gusto?

—No —contesté.

Sonrió. —Estoy seguro de que eso puede arreglarse.

—¿Y eso cómo?

—Así —me besó. Una chica del público empezó a silbar.

—Creo que te lo vas a tener que currar un poco más.

—¿Cómo? ¿Así? —acarició mi cuello por detrás. Sentí

que necesitaba seguir notando su tacto sobre mi piel, pero tenía que mantener el tipo.

—Necesito saber algo más de ti. ¿Cuáles son tus señas?

—Lugar de nacimiento: Angola; Fecha de nacimiento: 21 de mayo; Lugar de residencia: Inglaterra; Hombre de mis sueños: tú.

La audiencia rio y silbó; yo sonreí.

—Lugar de nacimiento: Somalia; Fecha de nacimiento: 5 de octubre; Lugar de residencia: Inglaterra; Hombre de mis sueños: ¡sin determinar!

Mi respuesta atrajo todavía más aplausos.

—¡Díselo, Anas! —gritó uno de mis amigos desde el público.

—¿Decirme qué? —replicó Narciso—. Tendrás las cosas bien claras antes de que acabe la noche.

—¡Que así sea! —contesté.

Beautiful, de Ndegeocello, empezó a sonar. Narciso me cogió de la mano y empezó a bailar un vals. Mientras Narciso dirigía mis pasos delante de imágenes proyectadas del barrio de Southbank, recordé la sensación de abandono tan profunda que sentía cuando nos conocimos. La imagen de fondo cambió a una instantánea de la habitación de Narciso, arreglada para la ocasión. Las luces se apagaron, pero siguió sonando la música. Corrimos hacia el backstage para cambiarnos de vestuario en un segundo; ni siquiera nos miramos a la cara.

Había llegado el momento de representar la última escena de aquella primera actuación.

Narciso estaba cubierto de seda roja; yo, de ocre. Pasé la mano por su torso y acerqué su cuerpo hacia mí. Le besé la mejilla y después acaricié con la lengua el lóbulo de su oreja. En ese momento las telas de seda cayeron al suelo y nos tumbamos en el escenario; llevábamos puesto solo un bañador. El calor se hizo más intenso y empezaron a sonar tambores a ritmo de conga. Jadeamos en sintonía. La música se paró en seco. Nos miramos a los ojos y pude ver pasar por delante de mí años enteros. Vi en su rostro el reflejo de toda la melancolía, los anhelos, el resentimiento... Aparté la mirada.

Seguimos tumbados en el suelo y en la pantalla se empezaron a suceder las estaciones. Me acurruqué mientras la canción de Ndegeocello *This is How I Love You* resonaba a nuestro alrededor. Solté una risa ahogada para enfatizar la actuación, pero, sobre todo, para disimular el hecho de que lo que quería era echarme a llorar. Narciso se dio cuenta, pero me siguió el rollo. Él también soltó una risa ahogada. Seguimos allí tumbados, representando nuestra historia pasada mientras la música se diluía poco a poco.

«Si fuera un baile»

Al día siguiente pudimos notar la tensión en cada tendón de nuestro cuerpo, pero había que sacar adelante el segundo acto. Me daba miedo el tono revelador de la pieza. Aquella tarde mientras ensayábamos, la cara se me encendía cada vez que Narciso me cogía de la mano o me agarraba de la cadera. Me moría por recorrer sus labios, por recordarle qué hizo que nos amaramos una vez; él parecía no estar por la labor de recordar nada. Sus movimientos aquella tarde eran los de un boxeador que intentaba apartar a puñetazos cada recuerdo hasta que consiguió dejarme exhausto. Cuando acabamos el ensayo, la habitación entera apestaba a Tanqueray, a humo, a sudor.

Le di un trago a la copa de Narciso y agité las caderas; había llegado el momento de darlo todo.

Las luces se atenuaron y Narciso y yo salimos a escena. Eché una mirada al público: estaba lleno. Mis amigos, nuestros amigos en común, sus amigos, desconocidos... En la pantalla había una imagen de mi cocina con un rótulo: «Un año después». Hice como que batía huevos; los efectos de sonido ayudaron a entrar en situación. Narciso se acercó a mí y me abrazó por detrás; cerré los ojos y sonreí. Su cuerpo desprendía calor y el mío necesidad de cariño.

—Cielo, me tengo que ir, tengo que resolver un asunto de mierda —dejó de abrazarme y se dirigió hacia la puerta.

—¿Y no puede esperar? Estoy preparando el desayuno.

Me besó en el cuello y me dijo: —Vuelvo en un segundo.

Lancé mi sartén de huevos imaginaria contra el suelo y un estruendo retumbó por todo el escenario.

—¡Si fuera un baile me bailarías de puta madre! —le dije.

—¡Lo eres! ¡Y vaya si sé cómo bailarte!

Empezó a sonar *If I Were a Bell*, una melodía dulce de jazz clásico en la voz de Amel Larreaux. Narciso abrió sus brazos cual chamán, se deslizó con suavidad por el escenario y empezó a descender hacia atrás arqueando la espalda en sacudidas cortas. La música pasó a un ritmo árabe; el cabrón se transformó en un derviche y empezó a bailar como si ardiera la arena bajo sus pies.

Las notas deslizantes de la guitarra eléctrica y los destellos de luz provocaban un efecto de cámara lenta. Observé desde un lateral del escenario cómo su cuerpo iba entrando en calor hasta dejarlo hecho un desecho sudoroso. La música paró.

—¿Ves como sé bailarte? —me dijo jadeando. Cogió su abrigo y salió del escenario.

Empecé a recoger del suelo los restos imaginarios que había lanzado antes. En cuanto me ensucié las manos empezó a sonar una línea de bajos y sentí como mi cuerpo se dejaba llevar por su ritmo *funky*. Movimientos sensu-

ales: *scrub-scrub, pop-pop, srub-scrub, pop.* La canción
era *Sweet Misery*, de Larrieux; hablaba de una ruptura y
sentí el ritmo *hip-hop* como sal sobre mis heridas.
Castigué mis caderas como una puta de carretera hasta
quedar totalmente pegajoso. Bailé sangre, sudor y lágrimas; bailé a pesar de los calambres en los pies y los
espasmos en la espalda; bailé hasta deshacerme en
lágrimas. Aquel ritmo era lo único que me quedaba y no
podía perderlo también. Cuando terminó la canción, me
derrumbé sobre el escenario. Me quedé allí tirado hasta
que se apagaron las luces.

En la pantalla apareció un mensaje: «18 horas
después: 4:00». Escuché de fondo a Narciso cantando al
estilo tirolés. Cuando el escenario volvió a iluminarse,
hizo acto de presencia. Estaba totalmente borracho.

—Mira, mira... mira cómo te bailo.

Empezó a tambalearse y a caerse al suelo; se levan-
taba y se volvía a caer. No estaba actuando; iba totalmente ciego, apestaba a whisky. Yo seguí con la
actuación. Llegó un momento en el que se derrumbó
sobre el escenario y perdió el conocimiento. Me tumbé a
su lado y me quedé mirando su cara inconsciente.

La siguiente canción de Amel Larrieux, *Makes Me
Whole*, empezó a colarse por los altavoces. Era un la-
mento de amor, la canción que sonaba mientras hicimos
el amor la noche de nuestro primer aniversario. Me
restregué la cara mientras le observaba roncar y fui
consciente de que aquello no habría podido funcionar
nunca. Se apagaron las luces y volvieron a encenderse
para que saludáramos. El público entero se puso en pie.
Recibimos una ovación general, obviamente cargada de
lástima, pero me dio igual. Me llevé a Narciso a casa,
conseguí sacarle las llaves del bolsillo, lo metí en la cama
y me fui. Caminé por las calles a oscuras de vuelta a casa.

*

«El mundo me ha convertido en el hombre
de mis sueños»

No ensayamos al día siguiente. No fuimos capaces, ni siquiera podíamos mirarnos a la cara; habría que improvisar. Cuando nos vestimos y empezamos a calentar antes de salir a escena, Narciso me dijo:

—Siento lo de anoche.

—No hace falta que te disculpes —le dije, indiferente.

—No tienes por qué hacer esto. Lo sabes, ¿no?

—Quiero hacerlo.

Me dolía el cuerpo, tenía los dedos de los pies destrozados, pero tenía que hacerlo.

—¿Entonces vamos a recrear exactamente todo lo que pasó? —preguntó Narciso.

—Sí.

Soltó un suspiro. —Oye, no quiero que tengas que pasar por esa mierda otra vez.

—Hazlo lo peor que puedas.

Empecé a sudar antes incluso de salir a escena, los pies me estaban matando. Escuché al público aplaudir. Un nudo de ansiedad se me agarró al cuello y me cortó la respiración. Narciso y yo salimos a escena; la audiencia nos recibió con gritos de ánimo. Esta vez eran todos amigos y algún que otro testigo. Eché un vistazo al escenario polvoriento mientras marcaba la primera posición. Quise derretirme, colarme por las grietas de las maderas. Narciso no había bebido esta vez y temblaba del mono. Eché un vistazo al público en busca de caras conocidas.

—¡Tú puedes, Anas! —gritó mi amigo Paul. Era todo lo que necesitaba oír.

Miré a Narciso e hice como que le pasaba una bolsa imaginaria.

—Aquí tienes tu basura —hizo como que la cogía, pero me miró confundido.

—Perdona, eso no es lo que... —no le dejé seguir.

—Narciso, me quedé a tu lado por pena. A pesar de andar follando por ahí y de joderme todo el tiempo, aún piensas que eres para mí una especie de regalo del cielo. Déjame que te aclare una cosa: no eres más que una mierda insignificante y un puto borracho y eso es lo que serás siempre. ¡Tonto de mí por haber intentado cambiarte! Tú volverás al antro en el que vives y sufrirás por ello, pero a mí no me vas a volver a quitar el sueño.

—¡Eso es cruel y no estás siendo honesto! —dijo entre dientes.

—¿Quieres que sea honesto? —grité hacia el público—. ¡Este tío me puso los cuernos seis veces! ¡Seis! Me contagió enfermedades dos veces, me robó y me hizo sentir que no valía una mierda. ¿Te parece eso suficientemente honesto?

Se hizo un silencio ensordecedor. Luego se oyó a Paul gritar: —¡Díselo! ¡Será cabrón!

Después de una pausa incómoda, la encargada de la iluminación bajó las luces. La gente del público empezó a cuchichear, pero me la sudaba; me largué.

—¿Dónde vas? —gritó Narciso—. ¡Tenemos que terminar este puto espectáculo!

—Por lo que a mí respecta, ya hemos terminado.

El teatro, que era diminuto, me parecía ahora un laberinto interminable de pasillos; me perdí intentando encontrar la salida. Cuando por fin la encontré, salí de allí de un empujón. Una bocanada de viento me dio en la cara al salir. Me agité de alivio y eché a correr; corrí, aunque me sangraban los pies, corrí desde Waterloo hasta Peckham. Al llegar a mi apartamento, me arranqué los zapatos. Tenía los dedos embotados por la sangre coagulada y las uñas totalmente negras y llenas de heridas.

No era así como debía terminar la noche: Narciso tenía que volver a romper conmigo, tenía que llamarme blando como ya lo había hecho aquella vez; yo tenía que haberme hecho la víctima, haberle suplicado que se quedara. Mientras me dejaba una y otra vez, yo tenía que haber llorado y haber ahogado mis penas al ritmo de *Stronger Than Pride*, de Sade.

Pero no tenía ganas de suplicar; no tenía ganas de llorar ni de bailar al ritmo de Sade.

Así que no lo hice.

Pero seguía teniendo ganas de bailar, así que bajé las luces y empecé a balancearme en silencio. No había ninguna coordinación, ningún movimiento sofisticado de pies, ninguna valoración. Solo me balanceé y pude sentir el latido de mi corazón a pesar de las sirenas en la calle. Fui hacia donde quise ir, hacia donde me guiaron mi cuerpo y mi mente.

Seguí los pasos del latir de mi sangre.

El pabellón

e han llegado a llamar «Reina y Patria», aunque mi verdadero nombre es Cat. Me gusta mi trabajo. No necesito sobrepasarme con nadie, basta con presionar la alarma si alguno de los pacientes se pasa de la raya y los ex-soldados nigerianos reconvertidos en enfermeros se encargan de todo. Los tranquilizantes para animales y otras sustancias por el estilo tienen bastante acogida, aunque yo prefiero asistir al espectáculo degustando un buen té y un trozo de bizcocho.

Aunque lo que de verdad me encanta son los motes que las enfermeras nos hemos inventado para confundir a los pacientes. Yo elegí Cat Power, aunque yo sea una bestia trans somalí de casi dos metros y la verdadera Cat una jovenzuela blanca con voz seductora y un ligero problema con el alcohol; su nombre sonaba muy *drag*.

A mis hermanas del alma, sin embargo, les entró la vena espiritual: se pusieron nombres como «Bendición», «Providencia» o «Séfora». No había forma de que los pacientes se hicieran con semejante chaladura, pero ¡qué iban a decir! Una enfermera se puso «Corintios 13» y otra compañera, para quedar por encima, se puso «Sagrada Biblia». Así que, por comparación, Cat Power me resultó bastante razonable.

Séfora era la reina del corral: una mujer fuerte, llevaba siempre puesto un *dashiki*, una colorida prenda típicamente masculina; tenía una mirada implacable y hablaba con voz infantil. Se refería a los pacientes dóciles como «sus pequeños ponis»; a los que se portaban mal los llamaba «pequeños cerditos». Sus «pequeños ponis» tenían ración extra de bazofia, cigarros y calmantes. Los «pequeños cerditos» eran apaleados en los pasillos, desnudados y atiborrados de inyecciones en el culo por la cuadrilla de matones de Séfora. Después de drogarlos, los dejaban tirados en el suelo. Sefi les pateaba la cabeza y les deseaba felices sueños con una sonrisa en la cara.

Yo no le gustaba a Séfora; no le gustaba la idea de que un hombre llevara medias para ir a trabajar; no le gustaban mis extensiones, ni mis uñas postizas, ni mi «ostentosa forma de ser».

—¿No te has pasado con el pintalabios hoy, cariño? —me dijo sonriendo una mañana.

—Con las cosas buenas una nunca se pasa —le contesté.

—Pues yo diría que sí...

Busqué el pintalabios en el bolso y me puse todavía más. A Sefi se le congeló la sonrisa. Los pacientes fueron echándome piropos por todo el pasillo.

—¿Lo ves? Con las cosas buenas una nunca se pasa.

Como suele suceder en las clínicas mentales, nuestras normas eran todavía más desquiciadas que nuestros pacientes. Para mantener el grado de esperpento que nos caracterizaba, Séfora se había inventado un sistema al que llamó «los cinco pasos al paraíso». Siguiendo el modelo de las siete virtudes capitales (caridad, castidad, etc.), las reglas que Séfora había diseñado para el hospital incluían joyas como:

- Virtud.
- Disciplina.
- Paciencia.
- Templanza.
- Reverencia.

Aquellos que tropezaban en su ascenso a los cielos caían sobre «el paso del desobediente». Para el personal, los pasos del desobediente significaban menos horas, menos vacaciones, turnos de noche e informes desfavorables. La obediencia era la virtud que más valoraba Séfora en los demás.

Y aquí es donde entra en escena Riley.

Riley era un paciente de dieciocho años que hacía las veces de perro faldero de Séfora. Hacían un dúo sorprendentemente bien avenido: él era un bestia cabeza rapada de Stoke-on-Trent; ella una sádica con rastas y fijación por los psicópatas. Si él babeaba, ella aflojaba la correa.

Riley tenía un largo historial de violencia. Le iba la farlopa y eso acabó jodiéndole la cabeza. Empezó a tratar a su madre como si fuera la Fábrica Nacional de Moneda y Timbre y a sangrarle dinero como si cagara lingotes de oro. Cuando ella se decidió a llamar a la policía, él agarró un cuchillo y le rajó su cara rosa de mortadela. Fue entonces cuando lo detuvieron. Tenía el diablo en los ojos; alegó enajenación mental, por lo que acabó aterrizando aquí. En Séfora encontró la combinación perfecta entre enfermera y camello: lo tenía servido de todo el xanax, el loracepam y el valium que pudiera necesitar. Olvídense de la farlopa, el chaval se había pasado a las benzodiacepinas.

Como era de esperar, Riley tenía que ganarse su sustento. Si algún paciente obstinado se negaba a salir de su habitación, enviaban a Riley para que lo sacara a patadas. Una vez robó los zapatos de un paciente; el pobre hombre salió renqueando descalzo para quejarse a Séfora, que actuó como si no supiera nada. Después de recorrer el pabellón entero durante horas, el hombre se echó a llorar. Riley volvió a colocar los zapatos donde los había cogido y Séfora apuntó en el informe de ese día que el paciente había salido tres horas de su habitación, por lo que se apreciaba una evidente mejoría. El pobre durmió esa noche con los zapatos puestos.

Los pacientes no eran sus únicas víctimas. A Sefi no le

hizo ninguna gracia que yo apareciera un día con tacones. A nadie más le importó, pero mi amor por los Louboutins de imitación no tenía cabida en el plan de ascenso al paraíso de Sefi, así que se encargó de que Riley fuera a por mí.

Una mañana, estaba preparando el desayuno de los pacientes cuando Riley entró en la cocina y me agarró el culo. Me di la vuelta y me quedé mirándolo. Me hizo un gesto obsceno con la lengua.

—¿Quieres follarme? —me dijo.

Me eché a reír: —No follo con mal engendros.

Se echó hacia atrás, sorprendido; yo ni me inmuté. Se dio media vuelta y se fue corriendo.

Nada más empezar a servir el desayuno, Riley entró en el comedor echando espuma por la boca.

—¡Que te follen, maricón! —gritó.

Decidí ignorarle y seguí repartiendo las tostadas.

—¿No me has escuchado, puto marica? ¡Tú eres el que deberías estar aquí encerrado, no nosotros! ¡Pareces una puta desequilibrada!

—Eres un maleducado —dijo el hombre al que le había robado los zapatos.

—Déjelo que tenga su momento de gloria —le dije. Pero su momento de gloria duró una hora, dos horas, un día entero... Al principio no hacía más que ladrar, pero poco a poco empezó también a morder. Decidí no abrir un parte cuando me metió la mano entre los muslos; de hecho, lo dejé sentir... Sus dedos amarillentos por el tabaco subieron por mi falda; dejé que disfrutara, dejé que me acariciara como si fuéramos los personajes mal definidos de una novela rosa con una absurda trama psico-sexual. No me estremecí al percibir su mal aliento, no me dejé morir cuando empezó a tocarse... simplemente lo dejé sentir. Y cuando acabó de sacudirse el salami, puse una sonrisita de satisfacción (como hacéis vosotras). Hizo y deshizo a su antojo... y eso me puso de muy mala hostia. Mientras manoseaba el relleno de mi sujetador, empecé a urdir mi venganza; había que poner en su sitio a ese chulito.

La idea me vino una noche mientras estaba de guardia. Riley se negó a que una marica sidosa le diera sus pastillas, así que decidí que había llegado la hora de darle su merecido. Cuando todos los pacientes se habían metido ya en la cama, robé una jeringuilla y la llené de agua. Me colé en su habitación; apestaba a calcetines sucios, a semen y a tabaco. Lo desperté a empujones; se estremeció al sentir el tacto de la jeringuilla en el cuello.

—Ni se te ocurra moverte —le susurré al oído—. No abras la boca, no respires siquiera.

—¿Qué?

—Te gusta dártelas de malote, ¿verdad?

—¿Qué quieres de mí? —le tembló la voz.

—Vaya, vaya... pobrecito. ¿No te gusta estar en el lugar de tus víctimas? Tú has perturbado mi tranquilidad, yo te devuelvo el favor.

—No te vas a salir con la tuya.

—Esta aguja está hasta arriba de Pavulon. Una gotita de este amigo y el corazón se te paralizará en tres minutos. Amiguito... tendrás una muerte rápida pero agonizante.

Estaba paralizado por el miedo, empezó a hiperventilar. Me acerqué a él un poco más.

—Si sigues comportándote como un cabroncete, me veré obligada a acabar contigo, ¿*capisci*?

Asintió sin decir nada.

—Así me gusta —le dije mientras tapaba la jeringuilla y me la guardaba en el bolsillo. Antes de salir, me volví y le dije: —yo que tú limpiaba esta habitación, aquí huele a muerto.

A la mañana siguiente, me convocaron a la sala de reuniones, donde me esperaban en corro el doctor Feldman, jefe de personal, Séfora, Riley y su madre. El doctor Feldman golpeteaba su cuaderno; Séfora estaba preparada, bolígrafo en mano; la madre de Riley ardía de rabia y su hijo se echó a temblar nada más verme.

—¿Para qué me querían? —pregunté.

—¡Puta travesti! —gritó la madre de Riley—. ¡No puedo creer que hayan contratado a una travesti como enfermera!

—Señora Granger, por favor... —intervino el doctor Feldman—. Estamos aquí para establecer un círculo de confianza.

—¿Pero qué coño me está contando? ¡Esta puta reinona ha amenazado de muerte a mi hijo!

—¿Disculpe? —le dije.

—Ya me ha escuchado, Titty La Rouge. No pienso consentir que internen de por vida a mi hijo porque una loca del coño travestida intentara metérsela. Esto es un hospital, ¡por Dios santo! ¡Y usted es su enfermera!

—Mire —me dirigí al doctor Feldman—. Cuando acepté este trabajo, sabía que habría dificultades, pero nunca pensé que incluirían insultos transfóbicos y acusaciones de asesinato.

—Enfermera Cat — empezó a decir el doctor Feldman, visiblemente nervioso.

—¡Admítelo! —interrumpió Séfora.

—¿Que admita qué?

—¡Que has intentado matar a este chaval!

—¡Sí, admítalo! —se entrometió la madre, llena de rabia.

—¿Y cómo se supone que intenté matarlo? —pregunté.

Aquello les descolocó; se quedaron embobados por unos segundos. Después se volvieron hacia Riley, que tenía unas ojeras tremendas.

—Pab... pab... —balbuceó.

—¿Sí? —Séfora le indicó que continuara.

—¡Escúpelo ya! —le increpó su madre—. Tengo cita en el paro en una hora.

—Pa... Pabellón —dijo finalmente Riley—. ¡Eso es, intentó matarme con esa cosa!

—¡Pero qué coño estás diciendo! —dijo la madre.

—Eso es, Riley, explícales qué es el Pabellón ese... —le dije.

—¡Te mata! —contestó Riley.

—¿Estás seguro de que no era otra cosa? —intervino Séfora, extrañada.

—¡Sí, estoy seguro!

Observé al doctor Feldman apretar el culo y a Séfora con la mandíbula más tensa que un puño.

—No es que pretenda complicar todavía más las cosas —les dije—, pero no solo voy a interponer una demanda laboral, sino que además denunciaré a este hospital por transfobia. Me he sentido constantemente humillada, ¿y todo por llevar medias y algo de maquillaje? Habéis puesto en riesgo mi seguridad física y emocional fomentando un entorno de hostilidad hacia mí; acusarme encima de intentar asesinar a un paciente es despreciable e injusto.

Salí de la habitación echa una fiera; ellos tardaron veinte minutos en reaccionar. Riley salió lloriqueando y Séfora ni se acercó a consolarlo; se la veía asustada, como preocupada por perder su trabajo. A Riley lo trasladaron al día siguiente a otro pabellón; una semana después, Sefi se cogió una baja permanente.

Meses después, me topé con Riley en la puerta del hospital; había cogido unos kilos y tenía un aspecto mucho más saludable. Estaba intentando encender un cigarro; se quedó helado al verme. No dije nada... me metí la mano en el bolsillo y saqué mi mechero. Lo encendí y se lo acerqué; se echó para atrás. Cuando pudo comprobar que no intentaba hacerle daño, se acercó lo suficiente como para percibir su olor... olía a Nivea y a café. Se encendió el cigarro. Volví a guardarme el mechero en el bolsillo y eché a andar.

—¡Gracias! —me gritó.
Sonreí. —*Mon plaisir.*

NDAMBI

i hermana no para de decirme que vivo en pecado. Lleva razón, pero lo que no acaba de entender es que se trata de mi propio pecado. Me dice que amar a otra mujer es *haram*, así lo llamamos los musulmanes, pero no voy a consentir que sea ella precisamente la que me dé lecciones.

Me llama cada dos por tres para ver cómo voy, para intentar olisquear en mi voz un mínimo atisbo de melancolía o de infelicidad. Soy psicoanalista y me conozco bien esos trucos baratos de libro de autoayuda, me los intentan colar a diario en la consulta como si de una comedia de situación se tratara... es un juego para principiantes.

—¿Cómo estás? —me pregunta.

—Bien, cielo. ¿Tú, *na wewe*? —le pregunto con voz cálida.

—*Alhambudlilah*, gracias a Dios —me contesta. Le tiembla la voz y se esfuerza por disimularlo—. ¿Qué has estado haciendo últimamente?

—¡Trabajar! Estoy muy liada estos días, pero contenta.

—Mmm... —no es eso lo que quiere saber—. ¿Y qué hay de...? —se queda callada, esperando que termine yo la frase. Sostengo su pausa hasta que escucho una leve respiración al otro lado del teléfono.

—¿Adrienne? —le digo por fin, sonriente—. ¡Genial! Es tan dulce, tan cariñosa, tan... —suelto un profundo suspiro de felicidad— generosa... Me hace sentir siempre el centro del universo, me hace sentir que soy lo más importante en su vida. *¡Alhambudlilah!*

El silencio es tan profundo que casi se escucha. He conseguido dañar sus órganos vitales con solo escoger bien unas cuantas palabras; poco a poco, su armazón empieza a derrumbarse y es entonces cuando da paso al sermón.

—Te juro, *walaahi*, que rezo por que algún día veas la luz —me suelta con la falsa empatía de una falsa devota—, rezo por que el demonio abandone tu espíritu; rezo por que encuentres a un hombre, porque el lesbianismo tiene cura; rezo para que Alá te cure, rezo... solo necesitas encontrar a un buen hombre y sentar la cabeza.

—Como hiciste tú, ¿no?

Mi hermana nunca terminó el instituto porque quería jugar a las casitas con un analfabeto de Bosaso que le hizo parir cinco niños antes de cumplir los treinta para luego largarse con una adolescente egipcia de clítoris firme y dinero a espuertas. Pero eso no se lo digo, no es mi estilo.

—¡Abdi fue un buen padre! —soltó enfurecida— ¡quería a sus hijos!

—Así es —le dije con voz delicada—, los quería...

Mi hermana calibra mi rencor antes de soltarme: —¿es que no tienes ni un poco de humanidad?

—No —le contesto—. Seguro que es mi lesbianismo, creo que me está jodiendo los ejes.

—Igual deberías ingresar en un psiquiátrico.

—¡Cielo! —resoplo— ¡por qué intentas hacerme daño, ya sabes que esos sitios me dan pánico!

—Deberías aprender a cerrar la boquita algún día.

—Hermanita, ya lo hago... sobre todo cuando me llamas por teléfono. Pero ya sabes... aparentamos.

—No, hermana. Tú aparentas mientras los demás tenemos que soportar nuestras cargas.

—Hawa, ¿qué quieres de mí?

—Quiero —suelta un profundo suspiro—, quiero que me digas que todo saldrá bien.

—Todo saldrá bien.

—¿Cómo puedes estar tan segura?

—Porque lo estoy.

Suspira de nuevo, esta vez con menos intensidad.

—¿Qué tal los niños? —le pregunto.

—Bien, *Alhambudlilah*.

—Diles que tita Ndambi les hará una visita pronto.

—¿Ndambi? —pregunta con tono de burla—. Samira, ¿cuándo vas a sentar la cabeza de una vez? ¡Nadie se llama a sí misma Ndambi! ¿Ahora vas a pasar de Samira a Salida?

—Se pronuncia «Ndambi», no «dhmabi». Significa «la más hermosa».

—¡Puf! Por favor...

—Hasta luego, Hawa... —le sonrío, cuelgo el teléfono y me reclino en la silla. Uno de mis pacientes está escuchando *Young Hearts Run Free* en su habitación. Aguzo el oído y dejo que me invada el ritmo; Candi Staton no puede tener más razón: hoy en día, sobrevivir es lo que cuenta.

Por la noche

Enciendo el contestador al llegar a casa: ni un mensaje de Adrienne; me río entre dientes. La noche se hace siempre más difícil, es cuando los demonios de mi imaginación suelen poner a prueba mi estabilidad mental; por eso decido ser práctica y prepararme un baño. Aderezo el agua caliente con toda clase de aceites y sales hasta pringar bien la bañera; así me lo preparaba Adrienne todas las noches cuando volvía del trabajo. Solía comprar bombas de baño, una especie de bolas de olor afrutado que se disuelven en el agua como una pastilla efervescente. Salía del baño oliendo a mango y a apetito sexual. Nos besábamos como dos adolescentes sedientas de amor; ella me empujaba contra la pared, recorría mis

labios con su lengua para después seguir hacia los pezones, las caderas, el clítoris... Me derretía hasta conseguir que todo en mí fuera sexo y complacencia. Luego nos
quedábamos tumbadas en la cama, hablando de todo el
amor que habíamos recibido y de lo que habíamos dejado
en el camino. Aquellas conversaciones eran nuestra
forma de estrechar lazos. El que una vez fue templo de
nuestro amor, hoy se convierte en mi prisión, un espacio
diseñado a medida para mi tormento. ¿Qué voy a hacer?
¿Debo seguir hundiéndome en la miseria y actuar fuera
de estas cuatro paredes como si no pasara nada? ¿Debo
seguir ocultando mi ruptura? ¿O debo hacerme más
fuerte?

Decido que no es el momento de tomar ese tipo de
decisiones, esta noche toca televisión, comida a domicilio
y *bourbon* con hielo; esta noche toca untar mi clavícula y
mis sábanas de algodón con aceites esenciales; esta noche
tengo cita con Maxwell y Coco de Mer.

Me quito las bragas y las medias, palpo la curvatura
de mis pechos y los límites de mis pezones; los pellizco y
siento como se endurecen. Recorro la piel suave de mis
brazos con la palma de las manos y masajeo cada mús-
culo hasta que se me escapa un leve gemido. Este cuerpo
mío no ha sido acariciado desde hace tiempo y esta noche
tengo ganas de sudar. Mi mente inicia un juego con mi
cuerpo y dirige las yemas de mis dedos hacia el escondite
de mi ombligo, aunque no llego a rozar la piel... contraigo
el abdomen y cierro los ojos; me concentro en la respiración:

Inspiro.

Mantengo la respiración.

Expiro.

Lo repito varias veces hasta que consigo destensarme.

Ha llegado el momento.

*

El huevo de jade

Me dirijo hacia el armario en busca de la caja; es negra y tiene una etiqueta dorada que dice:

La práctica del huevo de jade se originó en la antigua China. Los maestros taoístas enseñaron los secretos del huevo de jade a un reducido número de mujeres: la emperatriz y las concubinas. Se creía que esta práctica les concedía longevidad, jovialidad y unas dotes amatorias extraordinarias.

Me llevo la caja a la cama y la dejo sobre las sábanas; busco el bote de aceites esenciales de Arabia en la mesita de noche y me unto todo el cuerpo: la esencia es una mezcla de almizcle e ipomea. Me tumbo en la cama y abro los muslos todo lo que puedo mientras el disco *Embrya* de Maxwell va calentando el ambiente. El falsete de Maxwell es como miel para mis oídos y los dedos de los pies se me retuercen de placer cuando consigo introducirme uno... dos... tres dedos. Cuanto más adentro consigo penetrar, más intensa se percibe la música y más dulce se vuelve el aroma del almizcle. Empujo las caderas hacia delante y hacia atrás para conseguir acomodar mis dedos; cuando estoy lo suficientemente húmeda, me seco las manos con una toalla. Abro la caja de Coco de Mer y cojo el huevo de jade: es suave, del tamaño de un huevo de pato; me lo meto en la boca para lubricarlo un poco. Cuando los bajos de Maxwell se acompasan con el latido de mi corazón, coloco el huevo en la palma de mi mano y lo utilizo para masajear los pezones, el torso y un pubis que brilla por el aceite y el sudor. Acaricio mi cuerpo hasta que la garganta se vuelve reseca, hasta que empiezo a gemir.

Soy bastante estrecha, por lo que tengo cuidado al introducir el huevo de jade; duele un poco al principio, pero consigo abrirme lentamente mientras empujo y acomodo la piedra semi preciosa en mi interior. Hace tanto calor dentro de la habitación que apenas puedo respirar. Inspiro y expiro profundamente a un ritmo letárgico. Empiezo a pensar en la lengua de Adrianne acariciándome el clítoris y mi cuerpo entero se conjura para elevarse hacia el clímax, hasta que alcanza un punto en el que no soy dueña de mi propia respiración, en el que lo único que consigo es aullar. Al correrme, el huevo sale disparado y me quedo tumbada sobre la cama con las piernas temblando. Cuando voy a meterme en la cama a dormir después de darme una ducha, el disco de Maxwell se está terminando. La última canción es la grabación de una ecografía; lo último que escucho esa noche antes de dormirme es el corazón de un bebé latiendo dentro de mi cabeza.

La libertad

El Profeta dijo una vez que los sueños son una ventana hacia lo desconocido. A lo largo de mi vida, son incontables las veces que mi familia, mis amigos, mis compañeros de trabajo e incluso algún que otro desconocido me ha dicho que yo, una lesbiana negra de origen africano y musulmana, no encajo en esa visión; que mis sueños no son más que el reflejo del estado corrupto de mi ser tras haberme criado en una sociedad occidental decadente y falta de moralidad. ¿Pero quién soy realmente? ¿Se me permite decidirlo por mí misma o el hecho de desear a quien deseo me convierte automáticamente en un arma arrojadiza que poder lanzar en la defensa de causas que ni me van ni me vienen? Para mí, la respuesta está clara: nadie tiene por qué permitirle nada a nadie. Si asumes esa realidad, te darás cuenta de que solo tú puedes decidir cómo vivir tu vida, ¡a la mierda los detractores! Al final algo se mueve; no es que la Tierra cambie el sentido de su rotación, pero algo se mueve; y

ese movimiento implica un cambio, y el cambio es para el
profano la forma de expresar ese estado impreciso que
amantes, soñadores, profetas y políticos llaman libertad.

¿Creo yo que soy libre? Bueno... dejad que esta
hermana os lo explique: a menudo sueño con mi hogar,
un lugar que solo existe en mi imaginación: es mi Edén,
mi *Janna*. A veces lo asocio con mi padre, con mi madre,
con mi abuela, con mi hermana... con todas esas personas
que me han rechazado, con todas esas personas a las que
todavía sigo queriendo; a veces mi hogar se presenta con
la imagen de mi ex, Adrienne. Me gusta pensar que la
imagen de su maravilloso pelo afro, su actitud irascible y
su dulzura son algo sagrado a lo que rezar ante su altar;
otras veces es Somalia, el lugar donde nací, el lugar al que
mi alma irá a descansar cuando llegue el momento; otras
muchas es Kenia o Londres... pero ninguno de esos
lugares, ninguna de esas personas, representa realmente
mi hogar: mi hogar es mi pelo, son mis labios, mis brazos,
mis caderas, mis pies y mis manos: yo soy mi propio
hogar. Cuando despierto llorando por la mañana, pensando en lo sola que estoy, me pellizco la piel, me tiro del
pelo, me recuerdo a mí misma que estoy viva; me recuerdo a mí misma que debo salir a la calle y saludar a la
mañana; me recuerdo a mí misma que se trata de caminar hacia delante; se trata de provocar un cambio, se
trata de ese estado impreciso: la libertad.

Terrícola

o primero que hizo Zeytun cuando le dieron el alta en el Hospital Psiquiátrico Maudsley fue entrar en el locutorio de su barrio para conectarse a internet y espiar el perfil de Facebook de su hermana Hamdi. El locutorio estaba al final de Peckham Rye y las paredes estaban tan mal pintadas que parecía que las habían enfoscado con vómito. El hombre somalí detrás del mostrador se estremeció al ver a Zeytun: llevaba una bata llena de agujeros y zapatillas de estar por casa tres tallas más grandes. Aunque su cara era la de una chica de veintitantos, tenía el pelo largo, desaliñado y completamente blanco. Puso cincuenta peniques sobre el mostrador de un manotazo.

—Media hora —dijo en somalí.

—*Inna lillah!*, bendito sea Dios —murmuró el hombre. Zeytun lo ignoró y cogió una lata de *Shaani* de la nevera.

—Eso serán otros cincuenta.

Zeytun soltó las monedas a regañadientes. Abrió la lata y se la bebió de un trago.

—Tranquila, ¡que se te va a congelar el cerebro! —le dijo el hombre del mostrador al pasarle la clave. Zeytun le arrancó el papel de las manos.

—No se preocupe, ya lo tengo congelado.

—¿Te encuentras bien? —le preguntó el hombre—. Aquí estás segura, ¿lo sabes? Nadie te va a hacer daño.

Pero Zeytun ya estaba abriéndose paso entre los clientes para encontrar un ordenador libre. Se sintió inquieta nada más sentarse. Una mujer nigeriana hablaba por Skype justo al lado:

—Claro que sí cariño... «no, es que se me acaba de sentar una lesbiana somalí justo al lado». Sí, el sermón fue espléndido... sí, es una pena, pero «las bolleras son criaturas repulsivas». Adetoun habló con el cura después... «al infierno, al infierno es donde irás, zorra asquerosa». El cura le aclaró muchísimo las cosas y por supuesto «las lesbianas no son más que unas putas baratas».

Zeytun sintió unas ganas irrefrenables de darle un puñetazo a la señora. Sabía que estaba alucinando, pero eso no lo hacía menos doloroso, ni menos real.

Miró a su alrededor para confirmar que su novia Mari no la había seguido. Después de recogerla en el hospital, Zeytun le dijo que le apetecía dar un paseo. Mari había accedido de mala gana; sabía que entraría en pánico si se enterara de que se había ido directa al locutorio. Zeytun podía entender por qué Mari había dado de baja internet en casa, pero seguía dolida; le encantaba estar conectada con el mundo exterior, entretenerse con Facebook... le encantaba, aunque internet casi acaba con ella. Todavía recuerda navegar por páginas peligrosas, sudar de miedo y excitación ante la idea de suicidarse; recuerda poner el disco *Comfort Woman*, el mismo que sonaba de fondo casi siempre que hacía el amor con Mari; recuerda planear la forma en la que abandonaría este mundo... Meshell Ndegeocello había compuesto un homenaje *soul* propio de la era espacial a lo maravilloso de amar a otra mujer y ese disco se había convertido en la banda sonora de su relación, pero ni Zeytun ni Mari fueron capaces de volver a escuchar el disco sin revivir la desesperación de aquella época.

«Bollera enferma, enferma, enferma, enferma»

La mujer nigeriana terminó su llamada y se marchó. Zeytun soltó un suspiro de alivio e inició sesión en su perfil de Facebook. La bandeja de entrada estaba petada de mensajes, la mayoría de amigos que le deseaban que estuviera bien. Ninguno de Hamdi, su hermana. Zeytun no se molestó ni siquiera en leer los mensajes, lo único que le interesaba era saber dónde andaba Hamdi. Se fue directa a su perfil y vio su cara por primera vez en seis meses; no habían vuelto a hablar desde la pelea.

Era verano y estaban tomándose un vaso fresquito de *vimto* en el piso de protección oficial de Hamdi, en el barrio de Shepherd's Bush. Había tenido una plaga de ratas: como el edificio estaba que se caía, habían conseguido colarse por las rendijas. Los servicios de control de plagas habían ido ya varias veces, pero las ratas seguían entrando, así que Zeytun canceló algunas sesiones de fotos que tenía programadas y se fue para allá cargada con un bote de litro de veneno y un bate de béisbol.

—¡Acabaremos con esas hijas de puta! —dijo Zeytun con cara de asesina. Las dos se echaron a reír al verse en una situación tan ridícula. A Hamdi le daba pánico la idea de matar una rata, pero Zeytun no iba a tener ningún problema. Abrió la alacena, que no se había abierto en los dos años que su hermana llevaba en el piso, y descubrió una horda de ratas, algunas preñadas hasta los ojos. Zeytun aplastó en un santiamén a toda la que consiguió pillar, la mayoría preñadas que no conseguían huir tan rápido como las otras.

—¡Zeytun, esas eran madres! —dijo Hamdi apenada mientras su hermana recogía los cuerpecillos aplastados con el recogedor para echarlos al cubo de la basura.

—También eran un foco de infección, ¿acaso querías quedártelas?

—No.

—Pues ya está.

—Hija mía, solo una camionera puede ser tan bestia.

—Sí, ¡pero mira lo que has tardado en pedirle ayuda a esta camionera!

—*Touché.*

En aquella época las dos estaban empezando una relación: Zeytun con Mari y Hamdi con Libaan, un hombre bastante tradicional de su mismo clan. Había entre ellas un sentimiento de ilusión compartido. Hamdi no había llegado a conocer a Mari y se sorprendió bastante cuando Zeytun le contó que era medio somalí, medio japonesa. Aunque Hamdi seguía intentando acostumbrarse a la idea de tener una hermana lesbiana, se mostraba comprensiva con ella. Su nuevo novio, sin embargo, no lo tenía tan claro. Dos mujeres fornicando era algo antinatural y repugnante, por no entrar en cuestiones religiosas; eso era algo *haram*: estaba prohibido moralmente.

Al principio, a Hamdi le molestaba que Libaan reaccionara así ante el hecho de que su hermana fuera homosexual, pero la desesperación por encontrar marido era más fuerte: tenía ya veintinueve años y eso, para la tradición somalí, la convertía en una solterona. Libaan le dio un ultimátum a Hamdi: o él o su hermana. En aquella época, Zeytun había empezado a escuchar voces y aquello era el principio de otra dolorosa recaída psicótica. Hamdi decidió seguir con Libaan.

Se puso en plan puritana cuando le comunicó su decisión a Zeytun.

—Es *haram*, Zey, va en contra de nuestras creencias.

—¡No, va en contra de las tuyas! Además, solo lo dices para justificarte a ti misma haberlo elegido a él antes que a mí. Yo no elegí ser lesbiana, la vida ya es bastante complicada. Si a Mari se le hubiera ocurrido ponerme entre la espada y la pared de esa manera, ¡la hubiera mandado a la mierda!

—Pues yo no soy tú ni lo seré nunca.

Zeytun se fue hacia la puerta. Dispuesta a tener la última palabra, le gritó a su hermana:

—Yo quiero a Mari porque me hace feliz; tú quieres a Libaan porque te da su aprobación. Me alegro de no ser tú... ¡que te vaya bien!

Zeytun observó las fotos de Hamdi en su perfil de Face-book; en todas aparecía sonriente: en una con un hiyab turquesa en una fiesta de amigos, luciendo unos resplan-decientes dientes dorados; en otra abrazada a Libaan, que sostiene con aire posesivo un cigarro en la comisura de los labios, una costumbre que Hamdi siempre había odiado; una tercera en la que aparecía echada sobre la encimera de su cocina preparando *suqaar*, se entiende que para Libaan. Hamdi había soñado desde pequeña con casarse y tener hijos, mientras que Zeytun siempre había querido ser fotógrafa y viajar por el mundo, capturar la realidad sin ningún tipo de restricciones. Zeytun se pasaba el día haciéndole fotos a Hamdi con su Nikon; Hamdi fue siempre su musa. No había vuelto a coger la cámara desde que dejaron de hablarse y no estaba muy segura de poder volver a hacerlo: había perdido la confi-anza en sí misma.

La imagen de Hamdi que podía percibirse en cada foto que pasaba en la pantalla era la de una mujer satis-fecha con su vida. Zeytun examinó la cara de su hermana en busca de un mínimo rastro de melancolía, de alguna señal que reflejara la pérdida que había sufrido, pero fue inútil.

En el perfil de Hamdi había 197 fotos de amigos, parientes, su prometido, compañeros del trabajo y conocidos; Zeytun no aparecía en ninguna de ellas. Cerró la sesión y salió del locutorio.

«Puta bollera muérete zorra muérete...»

Zeytun se embutió los cascos del iPod y se puso algo de música al bajar por Peckham Rye hacia su casa de Lordship Lane, en el barrio de East Dulwich. Las voces venían de todos sitios: le llegaban insultos de mujeres mayores que iban conduciendo, aunque llevaban las ventanas subidas; percibió amenazas de muerte, pero,

¿de quién?, ¿de los transeúntes?, ¿de los estorninos y cuervos que sobrevolaban su cabeza?, ¿eran los ladridos de los dálmatas y labradores del parque insultos encriptados dirigidos hacia ella? Los profundos jadeos de los corredores que pasaban a su lado se volvieron obstinadamente obscenos y desagradables; un adolescente negro piropeó a una jovencita tímida y guapa a la vez que planeaba su violación y posterior descuartizamiento, seguido del de Zeytun.

Lo que asustaba a Zeytun era que, a pesar de que la música no la dejaba escuchar a la gente, todavía podía leerle los labios. El nivel de acoso era de una intensidad psicótica, estaban enfermos. Ni siquiera la conocían, ¿por qué tenían que atacarla a ella?, ¿porque era lesbiana?, ¿tanta pinta de camionera tenía?, ¿llevaba un cartel en la frente que dijera «soy bollera»? Quiso gritar que pararan, pero las voces se multiplicaron hasta formar un coro hostil. De pronto, los insultos no solo hacían referencia a su sexualidad, se sumaron nuevos motivos: «sucia mendiga», «Hamdi tenía razón, eres escoria», «¡por Dios! ¡Va a coger una colilla del suelo! Eso es, ¡fúmatela, guarra!», «seguro que tiene alguna enfermedad venérea, ¡puaj!», «¡uf! ¡se ha meado encima!». Horrorizada, Zeytun se llevó las manos a la entrepierna para ver si era cierto; no lo era. Las voces siguieron riendo. «¡Loca!», «¡eres una zorra retrasada!».

Zeytun subió al máximo el volumen del iPod y apretó el paso; no iban a poder con ella. El corazón se le puso a mil al acercarse a su casa; estaba al final de la calle y sintió que aquel era el momento de máximo peligro, el lugar perfecto para asaltarla. Resistió las ganas de correr, pensó que podría llamar más la atención de su atacante, como sucede con algunos animales salvajes. «No tengo miedo», se repitió a sí misma, aunque no era cierto. Sabía que la observaban, no sabía muy bien quién, pero lo sabía. Había espías por todas partes, incluso las ardillas de los árboles le resultaban sospechosas, lo cual le provocó una risa forzada. Al ver de cerca los escalones de su edificio, no pudo aguantar más y echó a correr para intentar abrir la puerta principal, desesperada. Cuando por fin lo consiguió, entró de golpe, pero cerró la puerta con cuidado.

Los aromas reconfortantes de la canela y el cilantro la recibieron al entrar en casa. Le daba miedo apagar el iPod por si regresaban las voces, así que lo dejó en pausa y aguzó el oído. Podía oír todavía algunas voces detrás de la puerta, pero no percibió ninguna amenaza dentro de casa; respiró aliviada. ¿Por qué no traspasaban la puerta las voces? La sacaba de quicio no saber cuándo y dónde podrían volver a asaltarla.

Caminó despacio por el pasillo hasta llegar a la cocina. El vapor cálido y húmedo le golpeó la cara. Mari estaba de espaldas, balanceando cadenciosamente las caderas al son de Maryam Mursal, que sonaba en el estéreo. Tarareaba la canción mientras picaba tomates. Bailaba de una forma tan desenfadadamente sensual que Zeytun no pudo evitar quedarse allí mirándola. «Es por ella que las voces no pueden atacarme aquí», pensó Zeytun. El santuario no era la casa, era Mari. Se había decorado las trenzas, que le llegaban a la altura de los hombros, con pequeñas conchas que repiqueteaban cada vez que movía la cabeza. Llevaba puesto un *guntino* naranja. La tradicional tela somalí se enrollaba de forma distinta cada día, al gusto de la persona que la llevaba. A Mari le encantaba que esa prenda fuera tan improvisada y a la vez tan representativa de la cultura somalí. La madre de Mari, Kinsi, era somalí y su padre, Natsume, japonés. Se conocieron en Kenia a finales de los setenta y se divorciaron poco después de que naciera Mari, por lo que nunca llegó a conocer a su padre. Resultaba curioso que Mari, que nunca había estado en Somalia y era mestiza, sintiera más aprecio por la cultura somalí que Zeytun, que había nacido allí y toda su familia era somalí. De hecho, Mari se identificaba plenamente con la cultura somalí y se consideraba a sí misma como tal, renegando por completo de su herencia japonesa.

Zeytun le trajo una vez una preciosa seda japonesa con una impresión de flores de cerezo; Mari sonrió agradecida. Acabó colgando el cuadro en la habitación de invitados.

Zeytun se le acercó por detrás y le acarició las trenzas con delicadeza; Mari dio un salto y pegó un grito.

—¡Joder! ¡Me has dado un susto de muerte! —dijo, intentando recuperar el aliento—. No te he clavado el cuchillo de milagro.

—Lo siento, cielo. No pretendía asustarte.

—No te preocupes —le dijo Mari, sobresaltada—. Si hubieras sido un ladrón, habría servido tus tripas esta noche de cena, con una botella de Chianti y unas habichuelas.

—¡Pues suerte que no nos quedan habichuelas!

—No te preocupes, ya me las habría apañado. Esas tripas me habrían quedado tan ricas que te habrías chupado los dedos. Ya sabes que en la cocina no hay quien me gane.

—Ni en la cama, ni en la mesa del comedor, ni en la alfombra... estas hecha una guarrilla.

—¡Qué le voy a hacer! Soy la versión negra de la protagonista de *Belle de Jour*, de hecho, me entraron ganas de hacerme prostituta mientras leía esa basura. Lástima que mi madre me inculcara que mi vagina no es ninguna mercancía.

Las dos se echaron a reír y Zeytun cayó en la cuenta de que no se había reído en meses; la risa resultó tan natural, tan libre... le hizo recordar por qué se había enamorado de Mari. Mari era cercana, amable; tenía la capacidad de hacer que hasta el suceso más espantoso pareciese una tira cómica. Lo único con lo que no bromeaba jamás era con la enfermedad de Zeytun, aunque Zeytun hubiera preferido que lo hiciera.

—¿Tienes hambre, *macaan*? La cena estará lista en un rato, píllate un mango mientras tanto.

—Mmm, me encantaría engullir un mango —dijo Zeytun al acercarse a la cesta de fruta que estaba sobre la encimera—. Con un poco de chile y limón.

—Sírvete, *sugar mama. Mangia, mangia.*

—Zeytun cogió un mango y un limón de la cesta. Abrió el cajón de los cubiertos, pero no pudo encontrar ni un solo cuchillo; los tenedores también habían desaparecido, solo quedaban unas pocas cucharas.

—¿Dónde están los cuchillos? —preguntó.

—No te preocupes, ya te lo corto yo —Mari le cogió la fruta.

—¿Qué ha pasado con los cuchillos y los tenedores? —le preguntó Zeytun, aunque conocía perfectamente la respuesta. Mari apartó la mirada y le contestó:

—Tenemos que tener cuidado.

Se quedaron calladas un segundo. Zeytun se dio la vuelta y salió de la cocina.

—¿No quieres tomarte la fruta? —le dijo Mari cuando ya se había ido.

—Se me ha quitado el hambre.

Zeytun se dirigió al salón y se sentó en el sofá; era viejo y crujió al echarse sobre él. Cerró los ojos y recordó el incidente con el cuchillo: la cara aterrorizada de Mari aquella noche, la angustia y el miedo que sintió al tumbarse en la cama, cuchillo en mano, dispuesta a atacar.

Hacía cinco años de aquello. Mari había conseguido que el hospital le concediera a Zeytun un fin de semana de permiso; le habían cambiado la medicación recientemente y estaba respondiendo mejor. La medicación que había tomado hasta entonces le había provocado párkinson, lo que le produjo constantes temblores y una incapacidad casi total para mantenerse en pie. Llegó un momento en el que los músculos de los brazos y las piernas se le tensaron tanto que hicieron que Zeytun se retorciera hasta quedar hecha un ocho, como una auténtica contorsionista. Le habían tenido que dar Prociclidina para combatir los efectos secundarios de los antipsicóticos. Los médicos decidieron ponerle un tratamiento de 50mg de Risperidona, que le inyectaban en el culo cada dos semanas. La nueva medicación consiguió calmarla y reducir las voces considerablemente.

Al ver que estaba mucho mejor gracias al nuevo tratamiento, Mari decidió llevársela a casa para pasar un fin de semana de descanso. Se quedaron en casa viendo *Eva al desnudo*, una de las películas favoritas de Mari, y *High Art*, un drama lésbico que le encantaba a Zeytun. Comieron, rieron e hicieron el amor apasionadamente. Al final del fin de semana, sin embargo, las alucinaciones regresaron. Zeytun escuchó a Mari afilar un cuchillo en la cocina y se le metió en la cabeza que planeaba matarla. Entró apresurada en la cocina, sudando. Mari estaba trinchando una pierna de cordero. Zeytun abrió el cajón de los cubiertos y cogió el cuchillo del pan.

—Zeytun, ¿qué haces? —le preguntó Mari, alarmada.

—¡No vas a matarme! —gritó Zaytun mientras corría hacia el dormitorio. Echó el pestillo y se sentó en la cama, dispuesta a defenderse. Esperó durante horas a que Mari entrara en la habitación, pero no lo hizo. Después de una larga noche de espera, Zeytun cayó rendida, el cuchillo todavía en la mano.

A la mañana siguiente, alguien la despertó al tocar a la puerta.

—Zeytun, soy yo, Edu Kinsi. Abre la puerta, cariño.

¿Podía fiarse de la madre de Mari?

—Solo quiero hablar contigo, cielo.

Zeytun no estaba muy convencida; intentó encontrar el cuchillo que se había caído al suelo.

—Aléjate de la puerta —le indicó antes de abrir. Kinsi

parecía cansada, tenía los ojos rojos y no llevaba su pelo afro cubierto con un hiyab como de costumbre. Llevaba una falda vaquera larga y una rebeca verde. El desvanecido kanji japonés que tenía tatuado en el entrecejo se arrugó al fruncir el ceño de preocupación.

—Cielo, pensaba que estabas mejor. ¡Mari estaba tan ilusionada por poder traerte a casa! ¿Qué ha pasado?

—Quiere matarme —murmuró Zeytun—. Por favor, no dejes que me mate.

—¡Zey! Mari te quiere, jamás te haría daño. Está muy preocupada por ti —Kinsi dirigió la mirada hacia el cuchillo que Zeytun llevaba en la mano—. No quería llamar al hospital porque le daba miedo que decidieran prolongar tu hospitalización, pero estaba muerta de pánico de pensar que pudieras hacerte daño. Zey, esa niña está colada por ti.

Zeytun se sentó en la cama y susurró: —Me da miedo perderla.

—No vas a perderla —le prometió Kinsi—, solo tienes que centrarte en ponerte buena.

Fue Kinsi la que la llevó de vuelta al Hospital Maudsley. Mari se sentó delante con su madre; parecía cansada, fue todo el camino observando el cielo plomizo. Zeytun fue atrás, con el iPod conectado, intentando ahogar las voces. Seguía sufriendo alucinaciones, pensaba que estaba desnuda e intentaba cubrirse sus partes con las manos. ¡Zas! Volvía a estar vestida, pero le ardía la cara de vergüenza.

Al llegar al hospital, Kinsi se quedó en la sala de espera mientras Mari acompañaba a Zeytun a hablar con su médico, el doctor Feldman, que se dirigió directamente a Mari:

—¿Habéis pasado un buen fin de semana?

—Sí —contestó Mari con voz temblorosa—, lo hemos pasado genial.

—¿Has notado algún cambio en el comportamiento de

Zeytun?

—No, ha estado muy bien —Mari se mordió el labio y
Zeytun pensó por un momento que le iba a contar la
verdad al doctor. Si lo hiciera, la internarían todo el
invierno; empezó a sudar. Mari la miró a la cara por
primera vez ese día, tenía los ojos húmedos, los labios
secos. Su mirada la traicionó y Zeytun pudo ver que la
inundaba un sentimiento mucho menos noble que el
amor: la pena.

El sueño estaba siendo más dulce que el halvá: Zeytun y
Hamdi de pequeñas en el coche con su madre Roda
camino de ¡Splash!, el parque acuático de Nairobi. Las
dos reían en la parte de atrás mientras jugaban a piedra,
papel, tijera. Por alguna extraña razón, Zeytun siempre
elegía papel y Hamdi, tijeras.

—¡Jo, no es justo! —refunfuñó Zeytun tirándose de las
trenzas. Hamdi llevaba su pelo largo y sedoso recogido en
un apretado moño.

—¡Chincha rabiña, has vuelto a perder!

—¡Hooyo, Hamdi está haciendo trampas!

—Chicas, si no os portáis bien os llevo ahora mismo
de vuelta a casa —intervino Roda mirando por el espejo
retrovisor. La amenaza detuvo el juego de inmediato,
ambas sabían que su madre hablaba en serio. Roda
sonrió satisfecha y metió el Peugeot en la calle llena de
baches que llegaba hasta el parque.

Nada más entrar en el aparcamiento, salieron dis-
paradas del coche hacia los vestuarios. El parque estaba
lleno de madres con sus niños y niñas en bañador. El
bañador de Zeytun era marrón y amarillo y llevaba unas
flores baratas de plástico cosidas alrededor del cuello.
Hamdi, por su parte, insistió en escoger un bañador
enterizo Adidas de color lavanda que le costó a su madre
casi la mitad de la paga. Roda trabajaba como enfermera
en el Hospital Pediátrico Kenyatta y su sueldo no daba

para mucho. Aun así, se las apañaba para poder darle algún capricho a las niñas, como llevárselas al ¡Splash! o a comer al Steers de vez en cuando.

En el parque había dos toboganes enormes: uno blanco que era abierto y otro rojo que era cerrado.

—¡Vamos al rojo! —dijo Hamdi al llegar a la cola.

—¡Hayaye, ese me da miedo! —replicó Zeytun. De pequeñas, Hamdi había sido la valiente; con el tiempo, Zeytun se hizo más fuerte.

—Nos tiraremos juntas —le dijo Hamdi agarrándole la mano—. *Walaahi*, te prometo que cuidaré de ti.

Zeytun accedió, aunque reticente; se agarraron la una a la otra en lo alto del tobogán.

—¡No me sueltes! —imploró Zeytun.

—Te prometo que no lo haré —le contestó Hamdi con un beso, justo antes de lanzarse y bajar gritando como locas, deslizándose hacia un lado y hacia otro hasta zambullirse en la pequeña piscina que había al final del tobogán. Roda, cámara en mano, acudió entusiasmada y no paró de echar fotos mientras las chicas se abrazaban y posaban para ella. En ese momento, Zeytun le susurró algo a Hamdi en el oído:

—Me estoy haciendo mucho pipiii...

—Sí, yo también —le contestó Hamdi con una risita nerviosa—. ¡Vamos a hacerlo en la piscina!

—¡Puaj! ¡Qué asco, eso es una guarrada! —le dijo Zeytun.

—Yo me lo hago encima si tú también te lo haces —le propuso Hamdi con mirada picarona.

Roda, por supuesto, seguía haciéndoles fotos mientras ellas intentaban poner caras inocentes. De pronto, un pequeño círculo amarillo fue expandiéndose a su alrededor. Roda soltó la cámara; no daba crédito a lo que estaba presenciando.

—*Nacalad baa nigutaalo!* ¡Salid ahora mismo de ahí, mocosas malcriadas! *Akhas!* ¿Cómo os atrevéis a hacer algo así? ¡ya veréis cuando os coja, os voy a estrangular!

Para cuando Roda dejó de dar voces, las niñas se habían salido de la piscina y subían volando las escaleras del tobogán para volver a tirarse.

—¡Zeytun, Zeytun! —la llamó su madre; pero no era ella.

—¡Zeytun, despierta! —era Mari, que la zarandeaba. Zeytun abrió los ojos y sintió la entrepierna húmeda; se había meado encima.

—No pasa nada —dijo Mari con una despreocupación forzada mientras Zeytun salía de la cama—. Seguro que es por la medicación, tú métete en la ducha que ya cambio yo las sábanas.

Zeytun se quitó el sujetador y el bóxer de Bugs Bunny empapado para meterse en el baño; al abrir el grifo de la ducha, no pudo evitar sonreír ante lo entrañable del sueño.

Algo arañaba los cristales de la ventana del dormitorio de Zeytun; el ruido la despertó. Corrió las cortinas y vio que las palabras «PUTA BOLLERA» intentaban romper el cristal. La imagen parecía sacada de un cómic macabro. «No tengo miedo», se recordó a sí misma, aunque eso no la tranquilizó mucho. Bajó las escaleras de puntillas. Al entrar en la cocina encontró una nota pegada en la nevera.

Hola, cariño:
Me voy al café unas horas. Te he dejado un plato de tortitas con mantequilla y tu pastilla de Risperidona en la encimera. Por favor, come algo y tómate la medicación. Estaré de vuelta para la hora de comer. Llámame si necesitas algo.
Te quiero.
M.

Zeytun se preparó un poco de té con jengibre, cogió el plato de tortitas y se salió al patio. Antes de empezar a desayunar, se lio un cigarro; le fue dando caladas entre bocado y bocado. Nada le producía más placer que fumar y comer a la vez.

Fue a finales de verano, acababa de mudarse con Mari, no se hablaba con Hamdi y la psicosis la estaba incapacitando. No era capaz de dormir ni de comer. Se despertaba cada dos por tres en mitad de la noche, se sentaba en el patio y fumaba hasta que amanecía. Empezó a tontear con la idea de quitarse la vida, resultaba liberador solo pensarlo. Encontró una página en internet donde se detallaban una cantidad enorme de métodos de suicidio. Algunos eran muy convencionales, como tomarse un bote de pastillas mezcladas con alcohol, pero otros eran bastante enrevesados, como beber agua sin parar hasta eliminar todo el sodio de tu cuerpo. Fue en esa página donde Zeytun leyó acerca del suicidio con tabaco. Por alguna extraña razón, la idea le hizo gracia. Además, solo necesitaba unos pocos ingredientes que cualquiera tiene a mano. Apuntó la receta y se fue a trabajar. Pensó que tendría que hacerlo cuando Mari estuviera en el café. Se compró un paquete de Old Holborn de 25gr. Ya en casa, puso un poco de agua a hervir y añadió el tabaco; lo dejó fermentar un día y luego lo coló. La tarde siguiente, mientras Mari estaba trabajando, Zeytun se puso una ropa interior recién lavada y el disco *Comfort Woman*, de Meshell Ndegeocello. No hubo lágrimas, solo un profundo sentido de finitud. A esas alturas, la infusión de tabaco se había transformado en un brebaje espeso: puro veneno. Estaba tremendamente amargo. Zeytun lo bajó con un chupito de brandi y se fue a la cama.

Lo siguiente que vio fueron unas luces cegadoras y pensó: «estoy en el cielo». En realidad, estaba en la sección de urgencias del Hospital King's College a punto de recibir un lavado de estómago. Mari no paraba de llorar y Zeytun sintió pena por ella. En cuanto terminaron con el lavado de estómago, la ingresaron en el Hospital Psiquiátrico Maudsley.

A ninguna de las dos le gustaba recordar aquella época. Aún con el cigarro en la boca, llevó el plato de vuelta a la cocina y se tomó la medicación. Las voces se iban aplacando poco a poco y sabía que, si se tomaba las pastillas regularmente unas cuantas semanas más, acabarían desapareciendo por completo. No veía el momento. Las voces interrumpían sus pensamientos, la convertían en alguien prácticamente inútil. Algunos días tenía la sensación de no tener personalidad alguna. Pero Mari siempre la convencía de que no tenía ningún tipo de carencia, que era el trauma por la enfermedad lo que la hacía sentirse así.

Subió al dormitorio y sacó de debajo de la cama la maleta donde guardaba sus fotos. Nada más abrir la cremallera, la primera foto que apareció fue la que les hizo su madre mientras se meaban en la piscina del parque acuático. Zeytun y Hamdi aparecen mirando a la cámara con cara de estar tramando algo. En la siguiente aparece Hamdi con un hiyab lleno de gardenias el día que cumplió dieciocho años. Zeytun tenía el pelo moreno por aquel entonces y aparece dándole un beso a su hermana en la mejilla mientras sopla las velas. Se le encogió el alma al ver esas fotos. Muchas eran de Hamdi posando para ella. Hamdi odiaba que le echaran fotos, pero confiaba en Zeytun lo suficiente como para dejar que se pasara el día haciéndole fotos. Encontró fotos de las dos con su madre, Roda, sonriendo complaciente. Luego llegó a las dolorosas fotos que le había hecho a Roda durante el tratamiento de quimio para su cáncer de cuello uterino. Las fotos en blanco y negro muestran a una madre con el pelo ya cayéndose, demacrada y desconcertada por todo el revuelo. Roda había criado a sus hijas sola después de que a su marido Omar, un reportero de la BBC, lo secuestraran y posteriormente asesinaran en Somalia. Roda murió en Kenia dos años antes de que Zeytun y Hamdi se mudaran a Londres auspiciadas por un tío. Hamdi se adaptó bien, pero Zeytun se desarraigó y perdió el sentido de la realidad. Aquel fue el principio de su psicosis.

Volvió a meter las fotos en la maleta y la guardó. Luego cogió su cámara y su iPod y salió de casa.

Nunhead es uno de los cementerios góticos más bellos de Londres. Por la noche es inquietante, pero durante el día se pueden ver madres empujando sus carritos por los senderos de gravilla y gente corriendo como si fuera un parque cualquiera. Algunas veces incluso montan pequeñas ferias en los espacios abiertos. Los niños compran helados mientras sus padres descansan tumbados sobre la hierba a pocos metros de las tumbas. También hay mercadillos con libros de segunda mano y toda clase de objetos. Los familiares de los muertos enterrados visitan a sus seres queridos mientras sacan el perro a pasear.

A Zeytun le encantaba Nunhead. Aunque fuera musulmana, solía visitar el cementerio para llorar a su madre. Estaba rodeada de cruces, pero a ella le daba igual; en aquel lugar se sentía en paz consigo misma. Sacó la cámara y empezó a hacer fotos de las tumbas, de huesos abandonados por los perros, de la gente corriendo y las parejas. Volver a tener una cámara entre las manos era como sostener el cuerpo de una amante. Al concentrarse en las fotos, logró un breve respiro de su psicosis.

Después de visitar el cementerio, Zeytun volvió al locutorio de Peckham Rye, se compró una lata de *Shaani* y se sentó en el ordenador más apartado de la sala con *Thunderbird* de Cassandra Wilson sonando a todo volumen en el iPod. «Con la música alta», pensó, «esta gente no podrá invadir mis pensamientos». Se puso tensa al meter el usuario y la contraseña de su perfil de Facebook. El corazón se le puso a mil. ¿Y si tenía un mensaje de Hamdi? Ya le hubiera gustado a ella...

No había ningún mensaje de Hamdi, pero sí un cambio de estado que le resultó extraño. Decía: «*Walapa walapa*. La boda es el sábado dentro de dos semanas y la celebración tendrá lugar en el Ayuntamiento de Woolwich. Aquellos que no hayáis recibido invitación, quedáis invitados. Os quiere. Hamdi».

Zeytun sintió que le había dado un puñetazo en toda la cara. Siempre habían dado por hecho que sería dama de honor en la boda de su hermana, ¿y ahora tenía que enterarse por Facebook de que se casaba? Quiso estrellar la pantalla del ordenador, pero se contuvo. Salió del locutorio mientras un coro de voces le gritaba: «Eres la puta más ingenua y arrastrada que existe. ¡Muérete ya de una vez!»

Decidió contarle a Mari lo de la boda de Hamdi esa misma noche, justo después de hacer el amor con ella. Mari soltó un suspiro, se acurrucó junto a Zeytun en la cama y se abrazó a sus pechos.

—Deberías ir —le dijo—. Puede que Hamdi no se haya portado bien, pero es tu hermana y habéis pasado por momentos muy duros juntas.

—Jamás me cogerá el teléfono.

—Pues preséntate en la boda, habla con ella en persona.

—La cosa se puede poner muy fea...

—Mira, yo creo que ella lo está pasando tan mal sin ti como tú sin ella. Tantea el terreno. Yo puedo llevarte y esperar en el coche mientras hablas con ella.

—Me da mucho miedo, cielo...

—Te hará bien pensar que por lo menos lo has intentado. Dale una oportunidad. De hecho, ¿por qué no te pasas mañana por el café y le haces un plato de cerámica?

—¿Sí?

—Estoy segura de que agradecerá el detalle.

—Eres un sol —le dijo Zeytun dándose la vuelta para darle un beso.

El café de Mari era una combinación de estudio de arte y cafetería en la esquina de Lordship Lane; se llamaba *Earthling*. Normalmente, Mari hacía las piezas de cerámica ella misma, desde simples cerditos hucha hasta elaboradas teteras, cuencos y tazas con forma de monstruitos. Ella se encargaba de hacer las figuritas y los clientes más pudientes pagaban por pintarlas. Cuando terminaban, Mari les daba una capa de barniz y las horneaba. A veces acudían madres para llevarse platos con las huellas de sus bebés de recuerdo. Mientras los clientes daban rienda suelta a sus dotes artísticas, Mari los agasajaba con una selección de tés acompañados de pastel de dulce de leche y tarta de lima.

Fue precisamente en el café donde Zeytun conoció a Mari un día que pasaba por allí y decidió entrar. Hicieron buenas migas enseguida y las conversaciones interminables y las jornadas de sexo apasionado no decayeron en las siguientes dos semanas. Una de esas noches, Zeytun le preguntó a Mari por qué había elegido ese nombre para el café.

—*Earthling*, que significa terrícola, era el nombre que utilizaban las lesbianas durante la época victoriana para identificarse a sí mismas y reconocerse entre ellas.

—Entonces puedo dejar de ser lesbiana y volverme terrícola...

—Le da cierto toque de secretismo.

—Elegante.

—Mucho.

Zeytun llegó justo cuando se iba un grupo de cuatro mujeres. En la mesa de al lado, Kinsi estaba haciendo caja. La idea del café taller fue de Mari, pero fue su madre la que puso el dinero.

—¡Zey! —la saludó Kinsi sonriendo antes de levantarse a darle un beso—. ¡Te veo estupenda!

—Me siento mejor, *Edo*. Ya no escucho tantas voces, aunque tengo que seguir con el iPod a mano.

—¿Te apetece que te prepare una infusión? —le preguntó Kinsi—. No me refiero al bebedizo que sirve Mari aquí, te estoy hablando del auténtico té de jengibre somalí.

—¡Me muero por tomar un poco de *shaax*! *Grazie*, *Edo*.

Mientras Kinsi preparaba el té, Mari salió del estudio. Debajo del delantal de plástico llevaba puesto un *dirac* transparente amarillo sobre una combinación blanca. Se quitó el delantal y besó a Zeytun.

—¿Lista para pintar?

—Estaba pensando en ese cuenco de ahí, es muy bonito —dijo Zeytun señalando a la estantería.

—Mmm, tiene usted buen ojo, *madamoiselle*. Esa es mi mejor pieza —le contestó Mari acercándole el cuenco.

—¿Cuánto te debo, cariño?

—Una vida entera de sexo ininterrumpido.

—¡No seáis obscenas! —les soltó Kinsi, que entraba en la sala en ese momento con una tetera y tres tazas—. ¿Acaso las lesbianas no hacéis otra cosa que hablar de sexo?

—Tienes razón, *Hooyo* —sonrió Mari—, perdón. Y sí, las lesbianas no hacemos otra cosa que hablar de sexo.

Ni siquiera Kinsi pudo contener la risa.

—Viciosillas...

Dejó la tetera y las tazas sobre la mesa y acercó una silla. Zeytun le contó lo de la inminente boda de Hamdi y sus planes de presentarse allí.

—Creo que debería haberte contado que se casaba —le dijo Kinsi—, pero también creo que le asusta tu rechazo.

Se ha portado como una idiota, pero estoy convencida de que tu hermana está deseando que vayas a su boda.

—Pero, ¿qué voy a decirle? Me da pánico volver a verla.

—Pues yo creo que eres tú la que debería sentir pena por ella. Mientras tú has conseguido salir adelante con tu vida junto a una persona que te adora, ella se está lanzando a un matrimonio que le exige dejar de lado la mitad de sí misma. Eso no es vida, debería darse cuenta.

—Además —interrumpió Mari acercándole las pinturas a Zeytun— debe sentirse fatal por tener que organizar la boda ella sola...

Zeytun se quedó pensativa; hundió un pincel en la pintura y empezó a trabajar en su cuenco, dispuesta a crear algo realmente hermoso, con una harmonía cromática capaz de solventar cualquier ruptura.

Había llegado la noche de la boda y Zeytun y Mari se dirigían en coche al ayuntamiento de Woolwich. Mari había alisado el pelo canoso de Zeytun y se lo había recogido en una enorme trenza.

—Te ves majestuosa, como Toni Morrison —le dijo Mari antes de besar sus labios.

—Y sin embargo no me siento tan sabia...

—Bueno, incluso Toni tiene sus malos momentos.

—Puede.

Zeytun llevaba un conjunto gris marengo de blusa y pantalón. Pensaba echarse solo su desodorante marca Sure, pero Mari la convenció de que se pusiera un poco de Dior en el cuello para la ocasión. Y allá que iban las dos camino de la boda. Zeytun tenía ganas de vomitar; Mari, por el contrario, mantenía el tipo. Ella se había vestido también para la ocasión, aunque sabía que no iba a bajar del coche. Llevaba un *dirac* brillante color turquesa con bordados de oro que le hacía parecer una sirena. Al cuello, un collar Nefertiti de oro que Zeytun le había regalado por su veinticinco cumpleaños. El collar era de su madre Roda; Mari se emocionó tanto que acabó llorando.

Zeytun era incapaz de quedarse quieta en el asiento cuando se fueron acercando a Woolwich. «Te va a escupir en toda la cara», gruñeron las voces, «se va a partir de risa cuando te vea aparecer». A Zeytun le entraron ganas de decirle a Mari que diera media vuelta y volvieran a casa. ¿Qué estaba haciendo? No quería seguir adelante. ¿Y si los invitados la atacaban por lesbiana? ¿Y si todo el mundo lo sabía? Podía oírlos burlándose de ella: «*Khaniisad*»

«*Khaniisad*, ¡sí!», pensó, «¡soy lesbiana y muy orgullosa de serlo! ¿qué es lo peor que puede pasar?»

Pasaron por delante de la calle del ayuntamiento. Un nutrido grupo de hombres y mujeres somalíes vestidos con sus mejores y más coloridas galas se agolpaban en la entrada; hablaban por teléfono, las mujeres se retocaban los labios, los hombres fumaban. Zeytun reconoció a algunos parientes lejanos.

—No puedo hacerlo.

—Todo irá bien, no tienes nada que temer —la tranquilizó Mari. Le dio un beso y le pasó el bolso y el cuenco, que habían envuelto con papel morado. Zeytun bajó del coche y entró en el vestíbulo, con el cuenco abrazado por delante como si pudiera protegerla y el bolso agarrado de mala manera por la axila.

La boda estaba en pleno apogeo: había una banda de jazz somalí, pero el sonido era pésimo. Chicas jóvenes con hiyab y chicos en traje correteaban de un lado para otro mientras los camareros, indios, servían la comida; algunos globos en el techo y una cinta rosa que cruzaba el salón en la que se podía leer: «¡Enhorabuena, Libaan y Hamdi!» Aunque la banda tocaba como si se les fuera la vida en ello, la pista de baile estaba completamente vacía y nadie interactuaba con nadie. Los recién casados

estaban sentados en tronos dorados de plástico sobre un
pequeño escenario al fondo de la sala. Hamdi llevaba un
traje de seda de estilo victoriano y un hiyab blanco lleno
de gardenias; Libaan, esmoquin y zapatos blancos. Era su
boda y estaban allí para que todo el mundo los celebrara;
sin embargo, no tenían cara de estar disfrutando demasiado el momento. Hamdi parecía a punto de romper a
llorar y a Zeytun le entraron ganas de correr a abrazarla.
Al echar a andar camino del escenario, un camarero indio
tropezó con ella y tiró el cuenco, que se estrelló contra el
suelo. Todo el mundo, incluida Hamdi, se volvió hacia
ella.

—¿Zeytun? —le gritó Hamdi, aunque ella ya se había
dado la vuelta y corría hacia la calle. En su huida, chocó
con una tía a la que odiaba. La tía, que era una vieja
cotilla, le preguntó:

—Zeytun, mi niña, ¿cómo estás? ¿dónde te has metido
últimamente?

—¡Venga ya! ¡Que te follen, Edo! —contestó Zeytun
mientras corría hacia el aparcamiento; escuchó a su tía
soltar una sarta de maldiciones mientras miraba de un
lado para otro como loca buscando a Mari. El corazón se
le iba a salir por la boca. «No deberías haber venido», le
dijeron las voces. «Ha sido un desastre; eres un desastre». La ilusa se había llevado hasta la cámara... Por fin
localizó el coche.

—¡Zeytun! ¡Espera!

Al darse la vuelta vio a Hamdi, sola en la entrada. Se
quedaron calladas un rato, observándose mutuamente.
La tía a la que Zeytun acababa de insultar salió a meter a
Hamdi de vuelta en el salón.

—¡Déjala! —le dijo la vieja con tono despectivo—. No
es más que una desagradecida *khaniisad*.

—¡Vete a la mierda, Edo! —le soltó Hamdi. A Zeytun
le dio la risa. Hamdi bajó las escaleras y dejó a la vieja
llevándose la mano al pecho en gesto dramático. Se quedó

parada frente a Zeytun.

—No me invitaste —dijo Zeytun al fin.

—Me daba miedo que no quisieras venir.

—Y aun así decidiste no invitarme.

—Zey, perdona si te hecho daño...

—Pues sí, me lo has hecho.

—Solo quería que todo saliera bien...

—Pues lo siento si te he arruinado el momento enton-ces...

—No quería decir eso.

—Ah, ¿no?

—Vuelve dentro conmigo, Zeytun.

Zeytun se apartó una lágrima del ojo.

—No, no puedo.

—¿Por qué no?

—Porque en el fondo no quieres que esté aquí.

Libaan apareció en la puerta detrás de Hamdi.

—Hamdi, vuelve dentro —le gritó.

—¡Voy! —le contestó Hamdi, impaciente. Allí estaban las dos hermanas, frente a frente, sin saber dar con las palabras adecuadas. De pronto, Zeytun se dio media vuelta y se fue para el coche. Nada más entrar, Mari arrancó y la sacó de allí.

—La he perdido —lloró Zeytun en silencio. Mari le acarició la espalda y siguió conduciendo con una sola mano. A la altura de Blackhath, Zeytun había conseguido calmarse; buscó un disco en el iPod y lo conectó a la radio del coche; era *Comfort Woman,* de Meshell Ndegeocello. Las dos se quedaron en silencio, escuchando la música; la ternura de cada canción hizo el camino más llevadero. Cruzaron Deptford y New Cross, con sus edificios cochambrosos y sus calles llenas de vagabundos. Zeytun odiaba esa parte de la ciudad, pero algo había cambiado: la luz de las farolas era más intensa y la gente tirada en la calle le resultaba menos intimidante. ¿Habían cambiado el espacio y sus habitantes? ¿Por qué el sur de Londres le resultaba tan hermoso de repente? ¿Sería la repentina ausencia de ruido en su cabeza, el sentir su mente despejada, el sonido de su propia voz diciéndole «estás cerca»? «Ya casi eres libre...»

Tu silencio no te protegerá

uve que reunir fuerzas para coger el teléfono. Recé para conseguirlo, aunque no de la forma que me habían enseñado mis padres; no pronuncié ninguna de las oraciones que me habían inculcado para embaucarme cuando era más joven: fue algo mucho más primario y apresurado. Empecé a temblar a medida que las voces se hicieron más fuertes; llevaba semanas sin comer y sin dormir en condiciones.

La oración fue sencilla: «Alá, tú que me has traído hasta aquí, por favor, ayúdame». Cerré los ojos y, sobreponiéndome al barullo abismal de voces e histeria, conseguí levantarme del sofá y coger el móvil; marqué el teléfono de memoria.

—Servicio de emergencias, ¿en qué podemos ayudarle? —preguntó la operadora.

—Estoy sufriendo un episodio psicótico —contesté con voz temblorosa.

—¿Cuándo empezó a sentirse mal?

—Hace dos meses. No, dos semanas. Dos días, creo...

—Está bien —parecía un poco incrédula—. ¿Qué síntomas tiene?

—Escucho voces, me siento angustiado y no paro de sudar. Necesito ayuda —me atraganté al decir ayuda.

—¿Tiene cerca algún cuchillo u objeto punzante?

—No voy a suicidarme, solo necesito que envíen ayuda.

—¿Cuál es su dirección?

Se la di.

—La ambulancia va de camino. Mantenga la calma, llegarán en un momento. Si cree que no va a poder abrirles la puerta cuando lleguen, por favor, no deje la llave echada.

La operadora colgó y me quedé sentado, mirando de un lado a otro en aquella habitación oscura y pestilente. Era un espacio diáfano, por lo que el salón y la cocina estaban juntos. La basura rebosaba del cubo, el fregadero olía a alcantarilla y llevaba semanas sin ducharme y sin lavarme los dientes. Culpé al apartamento: no tenía nada de malo, pero lo había acabado asociando con la sensación de aislamiento, de silencio y desidia. Sentí pena de mí mismo; no había nada que consiguiera aplacar el coro de voces en mi cabeza. Si era un problema mental, ¿por qué dolía de una manera tan física?, ¿por qué sentía como si me estuvieran rebanando el cráneo?

Cuando la psiquiatra de emergencias me preguntó cómo me sentía, le contesté que sentía como si me hubieran rebanado el cráneo.

—Eres muy gráfico —me dijo, como si fuera un defecto—. ¿Cómo puedo ayudarte?

—Deme algo que me haga dormir.

—Te daré un poco de Lorazepam. Tu padre y tu hermano vienen de camino desde Londres; no te muevas de aquí —me trajo la pastilla y un vaso de agua y se marchó.

El calmante empezó a hacerme efecto en un momento y antes de que pudiera darme cuenta, me encontré en un lugar extraño y reconfortante en el que la mitad de mi cerebro se había dormido y la otra mitad fue diluyendo las voces hacia un borboteo apenas perceptible, como una radio que todavía pilla señal, pero tiene estropeado el volumen. Caminé por el hospital con los ojos abiertos, pero el resto de sentidos adormecidos. Recuerdo haber pestañeado y a un enfermero despertándome una hora después: me había quedado dormido en un banco a la entrada del hospital. El enfermero me cogió de la mano y me ayudó a entrar de nuevo en el hospital.

—Tu padre y tu hermano han venido a por ti —me dijo.

Me encontraba demasiado abotargado como para poder decir algo, pero incluso en ese estado pude darme cuenta de que mi padre estaba enfadado. Era el cuarto de doce hijos y aunque fuera un chaval creativo y tuviera mis ambiciones, a pesar de estar estudiando una buena carrera e intentando ganarme la vida por mí mismo, mi padre había puesto siempre en mí mayores expectativas, expectativas que yo nunca llegaba a cumplir. De todos sus hijos, era en mí en quien había invertido más tiempo, más dinero y más energía.

Cuando todavía vivíamos en Nairobi, fue a mí a quien enviaron a una carísima escuela privada, cuando a mis hermanos, académicamente más competentes que yo, se les negó ese privilegio. Durante mis años de instituto, mientras ellos se esforzaban por avanzar en sus estudios, yo me pasaba el día bebiendo, fumando cantidades inapropiadas de hierba y arrastrándome hasta casa para acabar vomitando en la cama. A mi padre le daba igual lo que hiciera; le daba igual si me hacía diseñador de moda, pintor o escritor... lo único que le importaba era que consiguiera ser alguien y el ver que no era capaz le causaba una frustración inmensa. De alguna forma, creo que para él mi enfermedad mental no era más que otro de mis fracasos. No podía entender mi psicosis como una enfermedad, estaba convencido de que era solo mi incapacidad para centrarme y comportarme como un adulto. Para él, incluso a la psicosis se le podía poner remedio con mucho ejercicio, dieta sana y actividad constante. Ese pragmatismo era su forma de vencer aquello que escapaba a su control.

Después de dejar el hospital, nos acercamos en taxi hasta la estación de autobuses. No intercambiamos ni una palabra en todo el camino y al entrar en el autobús nos sentamos en asientos separados. Para cuando entramos en Londres, el efecto de la medicación se empezaba a disipar y las voces y las alucinaciones volvían a aparecer; no dije nada. Mi padre y mi hermano mayor me llevaron a su casa, pero no quería que el resto de la familia me viera en ese estado, me sentía avergonzado. No quería que mi madre ni mis hermanos pequeños me vieran así de demacrado y visiblemente enfermo. Mi tía me puso un plato de espaguetis por delante y me sentó en la mesa de la cocina.

—Come —sentenció mi padre—. Tienes que mantenerte fuerte.

Pero de pronto, una cenagosa sombra marrón cubrió por completo la casa de mis padres y mi familia al completo se transformó en una masa de sanguijuelas chupasangre delante de mis ojos. Incluso mi sobrina, que era una niña adorable, se transformó en una fuente de oscuro resentimiento. Las alucinaciones se esforzaban por borrar la línea que separaba mi pensamiento consciente de la parte de mi subconsciente en la que permanecían ocultos mis innumerables miedos. Hice del silencio mi arma de defensa. Aunque tenía hambre, dejé el plato de pasta sin tocar y me fui.

Me refugié en mi apartamento de Peckham, me deshice del móvil y perdí el contacto con el mundo exterior. Dejé claro a mi familia que no quería que me llamaran ni que vinieran a verme; solo deshaciéndome del sentimiento de culpa y vergüenza que me embargaba conseguiría recuperarme. En la cultura somalí, las enfermedades mentales son un tabú, por lo que sentía una necesidad tremenda de esconderme. Y así lo hice.

Las únicas personas que me visitaron fueron las enfermeras que me traían la medicación y rara vez crucé más de cinco frases con ellas. Había pasado de ser un chico sociable y aparentemente feliz a convertirme en un ermitaño que no hablaba con nadie y sospechaba de todo. Me pasaba el día vegetando en el sofá y atiborrándome de helado, comida india, pizzas y pasteles: se me había metido en la cabeza que moriría de hambre si no me hinchaba de comer.

Mi ángel de la guarda apareció con el rostro de mi hermana. Vivía en un barrio al norte de Londres, a más de una hora en coche, pero aun así apareció por allí. Al principio me resistí a dejarla entrar, no quería que viera el apartamento tan sucio, pero acabó convenciéndome. Su marido la había traído en coche y estaba esperando en la entrada del edificio con mis sobrinos pequeños; mi hermana le había pedido discretamente que se los llevara al parque. Se puso a limpiar la casa nada más cruzar la puerta; intenté detenerla en vano. Muerto de vergüenza, salí al balcón y me senté a esperar, rezando por que terminara pronto; pero no lo hizo: con una eficiencia militar, limpió el baño, la cocina, el salón y el dormitorio sin juzgarme en ningún momento. Terminó en menos de una hora. En todo ese rato me estuvo hablando, no como si fuera un inválido, sino como a su hermano. A través de su mirada pude ver que yo no había cambiado lo más mínimo: seguía siendo el mismo, solo que estaba pasando una mala racha. Una de las mayores cualidades de mi hermana era que en mitad de las situaciones difíciles siempre acababa colando alguna broma que arrojaba un poco de luz en medio de tanta oscuridad. Me contó anécdotas hilarantes sobre los entresijos familiares y me puso al día de los detalles que me había perdido de aquella telenovela que protagonizaba nuestra familia. No la noté forzada conmigo. Aquel día volví a sentirme persona. Para cuando su marido estaba de vuelta, la casa estaba impecable y la cena en la mesa. Cenamos todos juntos y luego se marcharon. Nada más salir por la puerta, rompí a llorar de gratitud.

Pocas semanas después, el marido de mi hermana se

fue de viaje de trabajo y me pidió que me quedara con ella en su casa para hacerle compañía. Sabía que lo que quería era hacerme compañía ella a mí, pero intentaba que no se notara. Era verano y nuestra hermana pequeña se apuntó también. Pasamos el tiempo viendo películas tontas, hablando y riendo sin parar. Estando con ellas me olvidé de mi tristeza, de mis miedos y de mi ansiedad; estando con ellas no podía parar de hablar y de hacer bromas.

Mi hermana mayor me animó a que solicitara unas prácticas en una revista de arte modesta, *Live Listings*. De ahí pasé a la revista *Touch* para después acabar en *Time Out London*. Conforme iba progresando, me fui volviendo más seguro de mí mismo. Algo había cambiado en mí; ya no me daba miedo asumir riesgos que poco antes me habrían superado. Aunque todavía me sentía un poco incómodo rodeado de gente, me encantaba el trabajo y se me daba bien. En seis meses estaba listo para volver a la universidad y terminar la carrera.

No quería volver a mudarme a Birmingham, pero tenía las clases allí. ¿Qué podía hacer? A mi hermana y a mí se nos ocurrió una solución sencilla, pero drástica: iría a Birmingham todos los días para asistir a clase y me volvería después a Londres; ella me ayudaría a pagar el autobús. Aquello suponía tener que levantarse todos los días a las tres y media de la mañana y salir de casa a las cuatro y media para poder coger el autobús de las seis en Victoria Station; las clases empezaban a las nueve.

Era una tortura, pero podía ir durmiendo en el viaje de ida y hacer los deberes en el autobús de vuelta. Escribí mi tesis de grado entera en un autobús de National Express; saqué matrícula. No había visto a mi padre tan orgulloso nunca como el día de mi graduación.

Pero aquel espíritu festivo duró poco.

Durante el verano de 2006, después de una fuerte discusión con mi padre, cogí el autobús 149 en London

Bridge y fui hasta casa de mi hermana al norte de Londres. Oficialmente habíamos discutido sobre por qué no era capaz de tomar decisiones en la vida, pero sabía que el motivo de discusión era otro. Al verme tan alterado, me preguntó qué había pasado. No pude contener la emoción, apenas era capaz de hablar.

—*Abaayo*, hermana mía, tengo algo que contarte —le dije, nervioso. Creo que sabía perfectamente lo que se le venía encima y pude ver cómo el pánico se iba reflejando en su cara; se mordió el labio y me pidió que continuara. Le confesé que era gay.

Parecía aterrada por la revelación, pero creo que era solo porque me había atrevido a nombrar lo innombrable; se recompuso enseguida y me aseguró que todo saldría bien.

Pasamos el resto de la tarde y hasta que se nos hizo de noche sintiéndonos tremendamente incómodos el uno al lado del otro, pero al salir a la calle a comprar leche para los niños en el turco de la esquina, mi hermana me dijo:

—Voy a apoyarte; eres mi hermano y voy a apoyarte —se echó a reír—. Es curioso, ¡esto explica tantas cosas! Y no sé por qué, pero ahora me siento mucho más cerca de ti que antes.

Contento de haber compartido mi secreto con ella, me fui a casa y dormí a pierna suelta por primera vez en años.

Después de terminar mis estudios en Birmingham, me vi sin trabajo y la sensación de aislamiento regresó. Soy una persona sociable y para mí tener que apañármelas solo suponía todo un desafío; no podía evitar asociar la soledad con una nueva recaída. Aunque mi apartamento tuviera solo una habitación, mi hermana mayor sugirió que mi hermana pequeña se mudara conmigo: ella se quedaría con mi cama y yo dormiría en el sofá sin problema. Me encantó la idea de tener compañía en casa y además tenía buen rollo con mi hermana; nos pasábamos el rato viendo reposiciones de *Sexo en Nueva York* y comentando lo ridícula que era Carrie Bradshaw, aunque en el fondo nos fascinaban sus enredos amorosos, o salíamos al cine y compartíamos listas de música al llegar a casa; me contaba detalles de sus relaciones y yo solía bromear con que ella era como la otra mitad de mi cerebro.

La presencia de mi hermana pequeña trajo paz y calma a mi vida; fue entonces cuando conocí a JT: era artista y además escribía novelas, teatro y guiones. Empezamos a chatear en Gaydar, la red de contactos, y congeniamos enseguida. Nos intercambiábamos correos eternos a diario y cuando por fin nos conocimos en el Balans Café del Soho, no pudimos dejar de acariciarnos. Nunca había tenido una relación estable, sobre todo por miedo a que la gente me descubriera, pero había encontrado a un hombre que me hacía sentir querido y valorado, y el sentimiento era mutuo.

El amor tiene la capacidad sorprendente de clarificar las cosas, de poner orden al caos y hacerle a uno sentir más valiente y seguro de sí mismo; eso fue lo que JT hizo por mí.

Por las noches, hablábamos de nuestro pasado, de dónde habíamos estado y a quién habíamos amado antes. A las pocas semanas de estar juntos, le dije que padecía esquizofrenia. Sin dudarlo un segundo, me besó y me dijo que contara con su apoyo. A la mañana siguiente, salí de su casa tan contento que decidí cambiar mi ruta habitual hacia la estación.

Cuando le confesé a mi hermana pequeña que era gay, se lo tomó bastante bien.

—¡Lo sabía, lo sabía! —se rio.

Las cosas empezaban a marchar bien. Poco después, cuando mi relación con JT se fue consolidando, mi hermana mayor empezó a preocuparse. Le parecía bien que fuera gay cuando estaba soltero, pero su comprensión inicial fue decayendo al escucharme hablar durante horas con JT cada vez que iba a su casa. Un día me pidió que me sentara y me soltó un discurso:

—Lo que haces va en contra de nuestra cultura, de nuestras creencias. Tienes que ponerle fin a esto.

Me sorprendieron sus palabras y se lo hice saber.

—Pensaba que no te importaba que fuera gay.

—Me importa porque estás traicionando nuestra fe.

De su discurso pude deducir que mi hermana mayor se avergonzaba de mí y que, a pesar de haberme prometido en un principio que me apoyaría, no quería sentirse arrastrada por la vergüenza de tener un hermano abiertamente gay. La comunidad somalí es tremendamente tradicional y ese sentimiento de tradición obliga al secretismo, la represión y el puritanismo. Sin embargo, yo no estaba dispuesto a seguir viviendo en secreto; había experimentado lo que era vivir una vida abierta, Saludable y libre de culpa, y me encantaba esa sensación; sentía que era algo natural y necesario. No estaba preparado para decirle a toda mi familia que era gay, pero al parecer, mi opinión no era importante: mi hermana tomó la decisión por mí.

Recibí un mensaje de uno de mis hermanos mayores una tarde avisándome de que pasaría a verme ese fin de semana; le contesté al mensaje preguntándole por qué; respondió con un simple «vete preparando». Llamé inmediatamente a mi hermana para averiguar si le había contado algo: me confirmó que sí.

—A mi no me vas a hacer caso porque soy una mujer; a mí no me tienes miedo, pero ellos te meterán en vereda.

Le dije zorra vengativa y le colgué. Justo después le mandé un mensaje a mi hermano para decirle que conocía el motivo de su visita y que no se le ocurriera aparecer; me contestó que iba a darme una lección y que se me quitarían las tonterías.

Como seres humanos, nos diferenciamos de otras

especies porque la capacidad de empatía y el sentimiento de comunidad nos convierte en seres superiores; pero la empatía no es inherente al ser humano, no puede aprenderse en los libros ni enseñarse en la escuela: un vagabundo analfabeto puede tener mayor capacidad empática que un entendido en Clásicas.

Mientras miraba el mensaje de mi hermano y pensaba qué hacer, sonó el teléfono; era mi otro hermano, el mayor. Nunca me había gustado mi hermano mayor, era un chulo desagradable. Le cogí la llamada.

Sus primeras palabras fueron:

—Eres gay, ¡qué asco!

—Soy gay y estoy feliz de serlo —le contesté.

Después de un momento de silencio, respondió:

—Tú no eres mi hermano, no tendré un hermano maricón.

—Nadie te ha pedido tu cariño. Si no quieres ser mi hermano, tranquilo que no voy a llorar por eso.

No podía creer que le estuviera replicando de esa manera, así que probó con otra táctica:

—Conozco a un montón de tíos en Londres que estarían encantados de acabar contigo.

Fue ahí cuando le colgué el teléfono.

Da igual cómo lo disimules, da igual que tu familia o amigos te aseguren que quieren lo mejor para ti: el abuso es abuso y no estaba dispuesto a dejarlo pasar.

Me lavé la cara, me cepillé los dientes, me engominé el pelo y me puse una ropa recién planchada. Llamé a JT al trabajo y le conté lo que había pasado. Me dijo que fuera inmediatamente a comisaría; no sabía que ya iba de camino.

Después de horas esperando en la comisaría de Peckham, sentí la tentación de olvidarme de todo, volver a casa, acurrucarme en la cama y dormir. Pero no podía permitirme ese privilegio, así que seguí esperando. Cuando me tocó mi turno, me senté delante del policía y le dije que quería denunciar a mis hermanos.

—¿Está seguro de que quiere hacerlo? —me dijo—, son sus hermanos.

—Lo siento, pero el abuso por homofobia está tipificado como delito de odio. Me da igual si se trata de un desconocido con el que me pueda cruzar por la calle o de mi propia familia, quiero denunciarlo y presentar cargos.

El policía suspiró y me dijo:

—Váyase a casa, piénselo bien y vuelva mañana si quiere.

Me fui a casa, lo pensé bien y volví a la mañana siguiente:

—Quiero presentar cargos.

Pocos años antes me encontraba en mitad de una angustia mental muy distinta; apenas podía hablar y me pasaba la vida en silencio, acosado por un peligro imaginario. Pero en ese momento el peligro era potencialmente real, así que no podía quedarme callado. No iba a guardarme ni una sola palabra, debía expresarme con claridad y utilizar las palabras adecuadas. Así lo hice.

Después de denunciarlos, mis hermanos desaparecieron. Fue entonces cuando me di cuenta de que la mejor forma de acabar con un matón es pegándole con lo que más le duele: la ley. La policía trató mi caso como delito de odio y me pusieron en contacto con los servicios de apoyo a las víctimas de acoso. Fueron ellos los que enviaron a un cerrajero para que reforzara la puerta de mi apartamento; mi casa se convirtió en una fortaleza. Cuando solucionaron lo de la puerta, me asignaron un abogado, que inmediatamente envió cartas de apercibimiento a mis tres hermanos mayores. Aunque estaba siendo agotador a nivel mental y emocional, lo que suponía un trauma real era el hecho de estar perdiendo a mi familia. Me había criado en un entorno familiar muy unido en el que todo se compartía; ahora era un proscrito, en un sentido muy real de la palabra.

Nunca recibí respuesta al correo que le envié a mi padre explicándole la situación. Mi hermana mayor dejó de hablarme y la pequeña se fue de mi casa. Después de haber progresado tanto volvía a estar en el mismo punto de partida: inmerso en un estado de depresión y aislamiento. Lo bueno era que esta vez tenía el cariño de JT y me había matriculado en el Máster de Escritura Creativa del Royal Holloway. No obstante, el sentimiento de tristeza y las secuelas del trauma no empezaron a paliarse hasta pasados unos dos años.

Mi médico suele decirme que todo en la vida es cíclico, que puedo tener una recaída el año que viene o el siguiente, que puedo perder a mis seres queridos y hacer nuevas amistades en el camino. Siempre había pensado en la familia como algo inamovible y omnipotente. Me había criado en una cultura cuyo sustento es la familia, aunque como hombre homosexual, debía asumir que nada en la vida es inamovible, sobre todo la familia; como hombre homosexual, debía asumir que vivo en un país donde no tengo por qué sufrir en silencio, que hay leyes que protegen mis derechos; como hombre homosexual debía asumir, de forma un tanto agridulce, que puedo elegir mi propia familia, que llegarán a mi vida personas con las que sienta una afinidad auténtica. Puede que no podamos elegir la familia en la que nacemos, pero no hay duda de que podemos crear nuestra propia familia y decidir quién forma parte de ella.

Curiosamente, desde que me distancié de mi familia, las voces que antes escuchaba en mi cabeza han desaparecido. No he vuelto a tener paranoia, camino por la calle lleno de optimismo y libre de miedos. Llevo una vida feliz y he llegado a la conclusión, triste, pero sin remordimientos, de que mi familia era un obstáculo para alcanzar una vida sana y feliz; no lo digo por menospreciarlos, es un hecho. Pertenezco a una familia conservadora en la que se me enseñó a reprimir muchas de las cosas que más disfrutaba en la vida, como llevar joyas o teñirme el pelo. Puede que suene trivial, pero no debemos subestimar el valor simbólico de este tipo de actos.

Es igualmente doloroso reconocer que las voces que escuchaba en mi cabeza cuando estaba mal gritaban siempre insultos homófobos; esas voces no pertenecían a ninguna extraña criatura indeterminada: esas voces eran las de mis familiares.

En noviembre de 2011 recibí una llamada en mitad de la noche. El prefijo era de Somalia; sabía quién era.

—Hola, ¿Diriye? —preguntó mi padre.

—Hola, papá —le dije con un tono calmado—. ¿Cómo estás?

—Bien, bien. Gracias.

—¿Desde dónde llamas?

—Desde Mogadiscio, estoy por aquí ahora.

—Genial. ¿Qué querías?

—He visto tus trabajos en internet y leí en alguna página que has tenido una vida dura... ¿A qué te referías? Tú has tenido una buena vida.

—¿Para eso me llamas? —solté un suspiro.

—Y también quería decirte, y esto es importante, Diriye, así que toma buena nota... ese rollo gay tuyo, no lo entiendo...

—¿Qué es lo que no entiendes exactamente? Deberías tenerlo bien claro a estas alturas.

—Ya sabes, cuando me dijiste que eras gay hace unos años, asumí que era tu enfermedad la que te hacía hablar así.

Me empezó a subir la tensión.

—Si de verdad pensabas eso, deberías haber mantenido el contacto conmigo.

—Entonces, ¿no era por tus paranoias?

—No, papá. Soy homosexual y estoy muy orgulloso de serlo.

Se hizo el silencio al otro lado de la línea.

—¿Estás orgulloso de ser gay?

—Así es, mucho. Reconocerlo abiertamente fue lo mejor que me ha podido pasar.

—Pero nosotros no somos así, tenemos unas creencias... ¿me estás diciendo que no eres musulmán?

—Soy musulmán, pero también soy gay, y me gusta.

—¡No puedo aceptar algo así! —me dijo, elevando el tono.

—Eso es algo que depende totalmente de ti, allá tú. Perdiste cualquier derecho de paternidad cuando me repudiaste hace dos años. Ahora tengo mi propia familia, no te necesito.

—¡Mantente alejado de mis hijos y de mí! —gritó.

—Me importáis una mierda tú y tus hijos. Dos años. ¡Dos putos años! ¿Tardas dos años en coger el teléfono para llamarme y esto es lo que tienes que decirme? Eres un cobarde.

Le colgué.

Cuando tengo que enfrentarme a situaciones violentas, tomo aire y escucho música relajante. Y rezo, aunque no de la forma que me habían enseñado mis padres; no pronuncio ninguna de las oraciones que me habían inculcado para embaucarme cuando era más joven: mi oración solo requiere cerrar los ojos y permitir que los pensamientos campen a sus anchas por mi cabeza hasta que se transforman en colores. Es un acto conjunto de deleite, silencio y quietud.

Recuerdo que una vez leí en internet una cita de Audre Lorde que me hizo sonreír; decía: «Tu silencio no te protegerá». En honor a esa cita dibujé una pequeña viñeta con el móvil y la colgué en Facebook esa misma noche. Luego me fui a dormir, cansado, pero no abatido.

En la viñeta se podía ver a un niño pequeño arrodillado en el suelo, rezando. Debajo de la imagen, una tira de texto decía: «Estaba perdido, pero hallé el camino; la salvación es hermosa. Seguiré soñando despierto, seguiré remontando».

المرأة الأخرى

THE OTHER (WO)MAN

*«La libertad es lo que haces con
lo que te han hecho a ti»*

– SARTRE

Lo primero que llamó la atención de Yassin al abrirse un perfil en Gaydar fue la gran cantidad de hombres que aseguraban buscar relaciones estables, pero al mismo tiempo no tenían el más mínimo problema en quedar para echar solo un polvo. En la descripción de sus perfiles mencionaban su pasión por la ópera y el ballet, pero justo después echaban por tierra el encanto dejando muy claras sus exigencias en cuanto a cualidades anatómicas, como por ejemplo «ESD1+», que Yassin acabó descifrando como «Extra Súper Dotado es un Plus».

Dentro de la aplicación había una especie de concurso para determinar el atractivo de sus miembros llamado «Factor Sexy». Los tíos con más puntuación solían exhibir una masa considerable de músculos y contar con la definición «sin pluma» en sus perfiles; Yassin no tardó en descubrir que los tíos con pluma eran, simplemente, unos perdedores. La masculinidad, aunque en muchos casos fuera pura apariencia, parecía ser la cualidad de la que más se presumía.

Aquello resultaba totalmente desalentador. Yassin era un chico joven con algo de pluma que, como cualquier otro, soñaba con encontrar el ideal de hombre de anuncio de calzoncillos: un hombre tan musculado que pareciera salido de otro mundo. Adoraba ese tipo de físico y para alguien tímido como él, Gaydar parecía ser el sitio adecuado para encontrar hombres así. La aplicación ofrecía un mundo en el que la juventud y la desinhibición eran moneda de cambio. Yassin era bastante cortado, pero por lo menos era joven.

Las salas de chat estaban siempre vacías, pero las de *cruising* casi siempre estaban petadas de tíos dispuestos a darlo todo: «Follador delgado. Cuerpo atlético. Holborn. ¡Manda privado!», «Semental pollón dispuesto a reventarte. Tengo sitio en el centro. ¡Manda privado!»; casi todos los anuncios terminaban así, con una petición desesperada de contacto...

Yassin escribió la siguiente descripción en su perfil:

«¡Hola! Soy un joven africano que estudia arte y vive en el sur de la ciudad. Cuando no estoy estudiando, me gusta escuchar música, algo que me anime a bailar. Soy un chico tranquilo, pasivo (solo debajo de las sábanas) y me gustaría conocer a alguien con chispa, con personalidad, que sepa disfrutar de la vida, del arte y de lo que se presente. Si encajas en la descripción, no dudes en decir algo».

Se reclinó en la silla, satisfecho. Decidió no poner foto de perfil. Se le ocurrieron mil razones para no hacerlo, algunas bastante obvias, como que alguien pudiera reconocerlo por la calle y le atacara, otras más personales; al fin y al cabo, era un chico musulmán prácticamente recién aterrizado en Londres desde Somalia.

Después de tres meses de inútil espera por una respuesta que mereciera la pena, decidió cancelar su cuenta de Gaydar y aventurarse a salir al mundo real. Pero las normas del juego a la hora de ligar fuera del ciberespacio no eran menos aterradoras. Odiaba que sus impulsos dominaran cada pensamiento, cada sueño, que la urgencia por calmarlos estuviera afectando a cualquier otro aspecto de su vida: muchas mañanas se encontraba con las sábanas húmedas y manchadas al despertar.

La noche que había decidido cancelar su cuenta de Gaydar, encontró un mensaje en la bandeja de entrada. Aunque seguía decidido a cerrarla, la curiosidad pudo con él y acabó abriendo el mensaje:

> *Buenas:*
> *Me encanta tu perfil, se percibe una alegre jovialidad en tu forma de describirte que me resulta muy atractiva. Me llamo Jude, soy piloto del ejército (no es tan interesante como suena).*
>
> *En el poco tiempo libre que tengo, me gusta tocar clásicos de jazz con mi guitarra, leer literatura africana (Soyinka y Habila son dos de mis favoritos, los nigerianos son los mejores, ¿no crees?) y relajarme, simplemente. ¿Tú cómo te llamas? ¿cómo te ganas la vida? ¿qué haces en tu tiempo libre?*
>
> *Un abrazo,*
> *Jude.*

El mensaje le resultó agradable, pero Yassin no quiso fiarse. ¿Por qué iba a gustarle a un tío tan aparentemente seguro de sí mismo como Jude si no era porque tuviera algún defecto? A Yassin le resultaba extraño ser correspondido por alguien que encajara en su perfil, era de los que creía que, si algo podía salir mal, saldría mal. Cogió su paquete de Sovereign y se fumó varios cigarros seguidos para intentar calmarse un poco, luego abrió las fotos que Jude había adjuntado al mensaje.

Eran cuatro fotos: un collage representativo de la imagen que Jude quería dar de sí mismo. En una aparecía con uniforme militar, con las cejas arqueadas y mirando al infinito mientras le sobrevuela un helicóptero; en otra aparece en la borda de un yate con un traje de submarinismo marcándole su impresionante físico; en la tercera, vestido con un *dashiki*, sombrero puesto y descalzo, tocando la guitarra en un bar. La última era un retrato de cuerpo entero; la forma cálida de mirar a la cámara dejaba claro que el fotógrafo debía haber sido un antiguo amante. Las fotos estaban tan calculadas que parecía un reportaje para reclutar nuevos soldados, solo faltaba un eslogan de esos típicos del ejército americano.

A pesar de sus reticencias, Yassin se imaginó abrazado por esos brazos, besando esos labios... Aunque Jude parecía joven por su cuerpo atlético, la cara delataba que debía ser mayor de lo que parecía a simple vista; se podría decir que rondaba los cincuenta. Yassin no sabía qué pesar. Él solo tenía veintidós años y una diferencia de edad tan grande lo intimidaba. Le gustaba la idea de encontrar un amante mayor que él, pero no tanto como para correr el peligro de que se aprovechara de esa madurez y experiencia para dominarlo en aspectos en los que Yassin no pretendía ser dominado. Yassin siguió escrutando cada foto, como esperando encontrar alguna pista escondida. Cuanto más las observaba, más defectos iban apareciendo: antes le había parecido un tipo proporcionado, ahora le resultaba bajito; su piel color chocolate ahora le parecía pringosa; los párpados caídos anunciaban un indiscutible cansancio ante la vida; aunque estuviera rapado, los folículos grasientos hacían brillar las incipientes canas; sus dientes eran demasiado blancos y perfectos, como si le hubieran incrustado un paquete entero de grageas de chicle alrededor de la boca.

Sin darse cuenta, Yassin había empezado a convencerse a sí mismo de que Jude no era un tipo atractivo, aunque visto desde un punto de vista no distorsionado por la falta de autoestima con la que Yassin veía el mundo, era evidente que no era el caso. Analizó las fotos con una falta de escrúpulos propia de un forense hasta descomponer a Jude en una amalgama borrosa de pura inmundicia, pero al observar mejor su marcada mandíbula y sus cejas arqueadas como las alas de una gaviota, decidió contestar:

Hola, Jude:
Encantado de saludarte, aunque sea por aquí. Muchas gracias por tus palabras, ¡cumplidos así te harán ganar puntos! ☺ *Estoy haciendo un curso de Arte y Diseño en el Lewisham College. La verdad es que es bastante aburrido, los profes tienen mucho cuento y el ambiente no es que sea muy agradable, pero espero acabar pronto y empezar Bellas Artes en el Camberwell College.*

Tu trabajo tiene que ser muy interesante, aunque supongo que vivirás con el miedo constante a que te manden a Iraq o Afganistán... Estaría bien conocerte en persona algún día. Si te apetece, mándame un mensaje o dame un toque al 079 4568 3452, me encantará saber de ti.

Cuídate,
Yass.

Después de enviar el mensaje, Yassin se sentó a

esperar. Jude no contestaba, aunque el icono de estado indicaba que estaba conectado. Pasado un rato y algo decepcionado, Yassin se desconectó y se metió en la cocina a preparar la cena. Como un cuarto de hora más tarde le sonó el móvil; lo cogió como pudo con las manos grasientas.

—Hola, ¿eres Yass? —preguntó una voz seductora con tono de barítono.

—El mismo —contestó Yassin con un repentino entusiasmo agarrado al pecho—. ¿Quién quiere saberlo y qué puedo hacer por usted?

—Buenas, soy Jude, de Gaydar... espero no llamar en mal momento...

—¡Para nada!, *mon plaisir*. Estaba preparando la cena: macarrones con salsa de queso. ¡Suficientes calorías como para entrar en coma!

—Mmm, veo que eres de los míos —Yassin pudo percibir un cierto deje jamaicano en su voz—. Un hermano que disfruta del buen comer es algo maravilloso.

—¿Estás de coña? —le contestó Yassin medio riendo—. ¿Así que pretendes que muera de un derrame cerebral inducido por una dieta hipercalórica? Pensaba que eras algo más sofisticado...

—Pues no, soy un simple granuja de mediana edad que adora su comida basura.

—Bueno, la verdad es que, aunque uno intente mantener la figura, es difícil resistir la tentación de lanzarse a por un kebab grasiento... En cualquier caso, debo decir, aunque me dé un poco de vergüenza, que formo parte de ese grupo que prefiere a los tíos atléticos y tonificados. Puede sonar superficial, pero es la pura realidad...

—¿Habrías contestado a mi mensaje entonces si estuviera gordo? —le preguntó Jude.

—Pues sí, habría contestado igual, pero yo no entiendo mucho de cómo funciona esto de la atracción... aunque tengo que admitir que me gustan los tíos con buen cuerpo y aspecto masculino.

—¡Por favor! ¡Menudo tópico! Pues a mí me gustan con curvas y un toque femenino.

—¡Pues estás de suerte! Resulta que yo encajo en esa misma descripción.

—No sabría decirte, no has subido ni una sola foto a tu perfil... pero me encantó tu mensaje, me pareciste un chico alegre y feliz.

—No sé de qué me hablas, pero *muchos grasias* por los cumplidos, *senior*.

—Muchas de nadas, caballero —contestó Jude con el mismo tono de burla—. ¿Eres peludo?

—En absoluto, tengo la piel suave como la seda... ¿Por qué lo preguntas? ¿Qué intenciones trae usted conmigo?

—Ponerte cachondo — contestó Jude con un susurro—, acariciarte hasta que acabes cantando arias.

A Yassin le dio la risa con ese último comentario.

—Me estás vacilando, no creo que se te dé tan bien...

—Ponme a prueba entonces. ¿Mañana por la noche? Ya te enseñaré yo de qué estoy hecho.

—¡Tonterías! Además, parece que has olvidado una de las primeras normas a la hora de intentar quedar con alguien, no me has contado nada de ti...

—Bueno, pues tengo cuarenta y ocho años; soy británico de origen jamaicano; estoy destinado en la base de Oxford y trabajo como militar desde hace veinte años, dieciocho de los cuales he estado casado.

—Vaya... ¿y sigues casado? —¿qué quería de él si estaba casado?—, ¿tienes hijos?

—Sí y sí —contestó Jude en tono calmado—. Tengo un hijo y una hija de trece y quince años.

—Ya veo... —Yassin no logró articular más palabra—. Gracias por la sinceridad. Supongo que la mayoría de tíos habría mentido al respecto.

La lluvia comenzó a golpear el cristal de la ventana de la cocina. Justo cuando Yassin estaba decidido a colgar,

Jude volvió a intervenir.

—Yass, si te soy sincero, hace años que mi matrimonio es un desastre. Erika y yo solo estamos juntos por los críos. Mi mujer sabe que me acuesto con tíos y, aunque al principio se ponía furiosa, ahora pasa totalmente de mí... Te cuento todo esto porque quiero ir de frente contigo. Me gustas, creo que eres un tío guay y sexy y creo que haríamos buena pareja. ¿Qué me dices? Por lo menos deja que te saque a cenar mañana. Venga, ¿qué dices?

—No sé...

—No te hagas de rogar, Yass... por favor, no me hagas suplicarte... —a Jude se le escapó una risa nerviosa.

—No, no va a hacer falta — contestó Yassin, decidido—. Nos vemos a las ocho en Peckham en una cafetería que se llama Petitou —Yassin le dio la dirección a Jude y añadió: —No llegues tarde.

—No lo haré. Nos vemos allí, guapo.

Después de colgar, Yassin se sentó tranquilamente en el salón a escuchar la lluvia repiquetear contra los cristales.

—¿Entonces piensas que me estoy equivocando? —le preguntó Yassin a su amiga Savannah al pasarle el cigarro.

—¡Pues claro que te estás equivocando! —le confirmó. Estaban sentados en las escaleras de la facultad; era la hora de comer y casi todos los estudiantes se habían salido al patio para ponerse al día mientras se echaban un cigarro o un porro. Chavales con capucha ligoteaban con jovencitas en vaqueros apretados con las palabras *princess* o *diva* bordadas en el culo mientras los guardas de seguridad vigilaban a través de la humareda que inundaba todo el patio. En teoría, el consumo de drogas estaba totalmente prohibido en el recinto de la facultad, pero los guardas, cansados de perseguir a niñatos que no se intimidaban lo más mínimo con su presencia, habían decidido hacer la vista gorda ante los abusos que se producían delante de sus ojos durante cada turno.

—Cielo, cualquiera se daría cuenta de lo que pretende ese tío —continuó Savannah después de darle una calada al cigarro de Yassin—. Ese lo que quiere es conservar la relación con su mujer, llegar a casa y que le tengan la comida puesta, pasar un buen rato con sus hijos, lo cual es muy respetable... Pero al mismo tiempo quiere utilizarte como el objeto de las fantasías sexuales que su mujer no puede darle. Ese cabrón no es que quiera su trozo de tarta, ¡es que quiere comérsela entera sin masticar!

Savannah se definía a sí misma como «una tía entrada en carnes, directa y algo bruta a la que por casualidad le gustan las mujeres». Savannah llevaba la cabeza rapada y no aguantaba gilipolleces. Había dado algunas clases de derecho antes de pasarse a las clases de arte de Yassin y presumía de ser experta en analizar a la gente: Freud reencarnado en una negra lesbiana de lengua afilada.

—Lo que digo es que le des esquinazo a ese capullo y te busques a un tío con escrúpulos, o al menos con algo de escrúpulos...

Yassin no acababa de verlo claro.

—Jude puede parecer un capullo a simple vista, pero luego es un tío muy agradable.

Savannah resopló.

—¡Por lo menos fue sincero!

—¿Y qué va a pasar cuando se entere su mujer? ¡Ponte en su lugar! Ya sé que quieres tener una relación, pero no creo que este follón de vida medio a escondidas sea la forma de conseguirla.

Yassin suspiró y le vino a la cabeza la imagen que tenía de Londres cuando todavía vivía en Kenia, ese lugar lleno de posibilidades amorosas en el que nunca volvería a preocuparse por estar solo. En Somalia y en Kenia, donde nació y se crio respectivamente, la homosexuali-

dad era algo que había que ocultar por miedo a la violencia que podía despertar. Las posibilidades de conocer a
otros hombres como él eran escasas, así que reprimía sus
deseos en silencio, soñando con el día en que por fin se
iría a Inglaterra. Después de emigrar a Londres, había ido
apartando poco a poco esa máscara al sentirse cada vez
más seguro en su nuevo entorno. Pero a pesar de las
múltiples posibilidades que podía ofrecerle la ciudad, se
encontraba, cuatro años después, más solo que nunca.

Empezó a pensar en los miles de hombres que usaban
perfiles como los de Gaydar, pegados miserablemente a la
pantalla de su ordenador, desesperados por contactar con
alguien. De pronto se dio cuenta de que las dimensiones
de Londres solo agravaban su sensación de aislamiento
hasta hacerla insoportable; solo así podía explicarse que
una aventura con un hombre casado que le doblaba la
edad se presentara como una oportunidad única. Apagó
la colilla del cigarro.

Petitou era una cafetería orgánica del barrio alternativo
de Peckham. Estaba escondida en un rincón de Bellenden
Village, que no tenía nada que ver con el resto del barrio.
A pocos metros del bullicio de las calles decadentes llenas
de tiendas de todo a cien y de saldo, esta zona tenía un
aire más pudiente: aquí podías encontrar tiendas de ropa
particulares y librerías independientes, tiendas de comida
orgánica y chocolaterías; era una isla perfectamente
organizada en torno a la cual se agolpaba caótico el resto
de Peckham. A pocos minutos de la calle del Petitou
podías encontrarte fruta podrida y restos de peladuras del
mercado esparcidas por el suelo; podías escuchar al
muecín llamando al rezo en la mezquita del barrio o el
bullicio de las peluquerías regentadas por nigerianos. Las
diferencias entre las minorías pobres y los blancos ricos
eran abismales, y aunque la distancia física que separaba
ambos mundos era escasa, esa proximidad no hacía más

que enfatizar la enorme brecha social y cultural que los dividía.

Yassin llegó a la cafetería diez minutos antes y encontró un rincón libre. El sitio estaba lleno de mujeres blancas pegadas a sus lujosos carritos de bebé y por un momento pensó si había elegido bien el lugar para una primera cita. Al verse reflejado en el cristal de la mesa, dudó también de si se había puesto demasiada gomina. Pidió un zumo de naranja, fue a sentarse tranquilamente al rincón y se puso a echarle un vistazo a la carta. Detrás del ruido de los tenedores chocando contra los platos sonaba una música africana de fondo; Yassin se evadió. Mientras divagaba en sus pensamientos, un hombre que sujetaba una extraña planta cruzó la puerta; Yassin reconoció a Jude enseguida: llevaba puesta una chaqueta de camuflaje y era más bajo y corpulento de lo que se había imaginado. Jude vio a Yassin y le lanzó su blanca sonrisa antes de acercarse.

—Hola, Jude —saludó Yassin levantándose a darle la mano.

—Vaya, el famoso Yass. Todo un placer conocerte por fin.

—Veo que te has perdido por el Amazonas de camino a la cafetería —le dijo sonriente Yassin señalando la planta de casi medio metro llena de campanas con tonos que iban del verde a un ligero rosado.

—Es para ti.

—Parece sacada de la tienda de los horrores.

—Querido amigo —sonrió Jude mientras acercaba una silla para sentarse junto a Yassin—, esta es una planta carnívora. Se alimenta de insectos que atrae hacia sus campanas y quedan atrapados en su interior. Quería traerte algo único para que recordaras siempre nuestra primera cita. Pensé que un ramo de flores no habría causado el mismo efecto.

—¿Cómo lo sabes? —replicó Yassin—. Es muy fácil

contentarme...

—Bueno, eso lo dirás tú, pero yo no creo que sea así. Pareces más bien un tipo...

—¿Insaciable? —interrumpió Yassin, riendo—. ¡Lo dudo! Pero me parece genial que hayas tenido esa primera impresión de mí como alguien despiadado.

—No sabría cómo decirlo —continuó flirteando Jude—, pero pareces ese tipo de tíos que saben lo que quieren.

—Bueno, ¡que no pare la ronda de piropos, colega!

Esta vez fue Jude el que se echó a reír. Acarició a Yassin con suavidad por debajo de la mesa mientras siguió riendo. Jude tenía las manos ásperas y llenas de durezas, pero a Yassin le encantaba ese tacto; eran manos curtidas por el trabajo, hacía mucho tiempo que no le tocaban así.

—Me encanta tu sonrisa.

—Gracias —contestó Jude, un poco intimidado—. Son dientes postizos, los míos los perdí en la guerra del Golfo.

—Vaya... lo siento mucho.

—Bueno, esas cosas pasan. Además, estos implantes me hacen parecer mucho más guapo que antes.

—¿Y eso? ¿antes eras una gárgola? —Yassin soltó una risotada.

—Señoras y señores —dijo Jude señalando amablemente a los comensales—, ¡esta noche tenemos un humorista de invitado!

—Oye, que solo estoy bromeando...

—Ya lo sé, guapo. A mí también se me da bien bromear...

—Está bien. Ahora en serio, pero no hace falta que contestes si no quieres —dijo Yassin.

—De acuerdo, dispara.

—Tiene gracia que utilices precisamente esa expresión... ¿Has disparado o has matado a alguien alguna vez estando de servicio?

Jude puso cara de no haberle hecho mucha gracia la pregunta. Después de una pausa, contestó que sí bastante inexpresivo y dejó que el silencio volviera a envolverlos.

—¡Oye! —dijo finalmente Yassin con voz chillona— ¡vamos a pedir algo! En este sitio hacen las mejores quiches que he probado nunca.

—¡Buena idea! —contestó aliviado Jude.

Pidieron una quiche, un poco de salmón ahumado y una botella de Merlot. En cuanto Yassin atacó el plato, Jude le pidió que le hablara un poco de su vida.

—¿De dónde eres, Yassin?

—Vaya, la pregunta inevitable sobre los orígenes de uno... —sonrió Yassin dándole un trago a la copa de vino—. Nací en Somalia, pero me mudé a Kenia cuando estalló la guerra y viví allí hasta los dieciocho. Ahora tengo veintidós.

—Mmm, tan joven e inexperto... —añadió Jude con tono de superioridad.

—Te acepto lo de joven, pero en lo de inexperto te equivocas. Me gusta pensar que tengo cierta experiencia.

—¿Y qué tal en Kenia?

—Bueno... digamos que la vida en Kenia era... interesante —contestó Yassin, evasivo. De repente recordó el olor a detergente Omo y el sabor del arroz hervido con *maharagwe*, habichuelas rojas; recordó los mangos, los pawpaw y los plataneros que crecían en el jardín de su familia; recordó las luciérnagas revoloteando como polvo de hadas en las noches de calor; recordó la policía irrumpiendo por sorpresa en su urbanización en busca de refugiados somalíes; recordó esconderse de niño en el armario para evitar que lo deportaran; recordó a su madrastra Fartun intentando hacer callar a su hermana pequeña, Lul, cada vez que la policía aporreaba la puerta pidiendo *kipanda*, permisos de residencia, o *kitu kidogo*, dinero suelto para comprar, según ellos, un poco de té; recordó a su padre enseñarle fotos de su madre biológica y a Fartun encerrándose en la habitación a llorar porque nunca podría competir con el recuerdo de una mujer difunta; recordó tener una pelea tremenda con Fartun una noche y gritarle que ella nunca sería su madre y a ella contestándole a gritos para hacerle el mismo daño que él le había hecho a ella que si su madre lo hubiera criado, habría salido maricón. La ironía, por supuesto, era que había sido Fartun la que lo había criado, y aun así había salido maricón.

Yassin suspiró.

—Vivía con mi familia en un barrio medio muerto de las afueras de Nairobi —empezó a contarle—. Mi padre tenía una pescadería en Mombasa y mi madrastra era ama de casa. Me crie con mis hermanas, Nasra y Lul. La familia entera se está planteando mudarse a Londres el año que viene porque el negocio de mi padre se ha ido a pique; también porque la situación en Kenia se ha vuelto cada vez más insostenible para los inmigrantes somalíes.

—Si los vas a tener por aquí, entiendo que acabarán metiéndose en tus asuntos...

—¡Espero que no! —contestó Yassin.

—En fin, espero que la cosa vaya bien —dijo Jude levantando su vaso—. ¡Por la intimidad!

—¡Por la intimidad! —brindó Yassin—. ¿Quieres venirte a casa cuando terminemos?

Jude puso su mejor sonrisa.

—Me encantaría.

Se apresuraron en terminar la comida, pagaron la cuenta y salieron a la calle. Era una noche fría de invierno.

—La parada de bus está justo detrás de la esquina —dijo Yassin.

Jude se echó la mano al bolsillo y sacó una llave automática; al apretarla, se encendieron las luces de un impresionante Range Rover que había aparcado en la puerta de la cafetería.

—¿Quién ha dicho de coger el bus?

Jude le abrió la puerta a Yassin.

—¡Menuda pasada!

—Ni la mitad que el copiloto —contestó Jude al arrancar. Los altavoces del coche empezaron a vibrar con un ritmo electro ochentero. Era Grace Jones rugiendo con su voz intimidante de contralto, como un púgil que percibe el olor a sangre de su adversario.

—¡Temazo! —gritó Jude al incorporarse. *Demolition Man* es un temazo. ¿Te gusta Grace Jones?

—Pues no sabría decirte...

—Te grabaré un recopilatorio y ya verás cómo te encanta.

—Seguro, ¿pero por qué no me mandas las canciones por correo en mp3?

—¡Colega, a mí no me van los mp3! Si no puedo oler ni sentir el tacto del vinilo, no cuentes conmigo. Vuestra generación solo sabe ir adelante a toda prisa por su propio interés; ya mismo acabaremos escuchando hablar de gente que folla con mascarillas de oxígeno. ¡Hay que conservar el elemento humano!

—Lo que tú digas, tío. Pásame las canciones en el formato que sea, a mí me viene bien todo.

La urbanización de Yassin era una mole gris en descomposición. Debajo de las ventanas de cada apartamento, las canales corroídas destilaban la inmundicia del lugar sobre las cabezas de los peatones que pasaban por la calle. Los edificios estaban a punto de ser demolidos y la mayoría de inquilinos había tapiado sus apartamentos antes de ser realojados. Yassin pagaba muy poco de alquiler, pero el sitio era un hervidero de gamberros, traficantes y niñatos sin oficio ni beneficio.

Hacía pocos meses, una familia nigeriana había organizado una fiesta en casa para celebrar el nacimiento de su nuevo bebé; en mitad de la fiesta, dos matones armados echaron la puerta abajo e irrumpieron en el piso pidiendo cerveza insistentemente. El marido estaba más que dispuesto a darles la cerveza y cualquier otra cosa que pidieran con tal de que se marcharan sin hacerle daño ni a su familia ni a los invitados, pero su mujer, abrazada al bebé y envalentonada por su reciente maternidad, se negó a consentir que se salieran con la suya. Sin pestañear siquiera, uno de los matones levantó su pistola y le pegó un tiro en la frente. La bala le atravesó el cráneo: diana en un blanco de tiro de sangre y tejido nervioso. La mujer se derrumbó de tal forma que el bebé salió ileso; se había abrazado a él hasta en la muerte. Aquella noche Yassin no pudo pegar ojo, los llantos y alaridos retumbaron en toda la urbanización.

—¿Aquí vives? —preguntó Jude incrédulo al torcer hacia el aparcamiento.

—Por desgracia —asintió Yassin.

—Joder, Yass, me gustas mucho y todo ese rollo, pero me tocaría mucho los huevos que me robaran el coche o le metieran fuego. ¡Esta zona tiene muy, pero que muy mala pinta!

—¡No te preocupes, hombre! —le soltó Yassin—. Como mucho te mangarán las llantas, o el sistema súper caro este... ¡hostia! ¡a lo mejor se llevan hasta los asientos de cuero!

—Lo digo en serio, Yass; este coche me costó el sueldo de un año.

—Tranquilo, no le va a pasar nada al coche. Vamos a dejarlo en una calle más segura aquí al lado.

Se llevaron el Range Rover hasta una calle residencial tranquila que no estaba muy lejos de donde vivía Yassin; luego caminaron de vuelta a la urbanización y subieron los cuatro tramos de escaleras hasta su piso.

—Bienvenido a mi humildísima morada —dijo Yassin conduciendo a Jude al interior del piso.

—Vaya —dijo Jude al entrar y admirar los cuadros con

motivos africanos de la entrada—, veo que te tomas muy en serio tus orígenes.

—Lo intento —contestó Yassin al coger el abrigo de Jude para dejarlo sobre el sofá, ya en el salón—. Me apetecía darle al piso un poco de rollito, ¿sabes?

—Mola —afirmó Jude mientras observaba los cuadros de colores vivos con hombres negros en poses sensuales; pasó los dedos por la superficie—. Tienen casi un efecto tridimensional, ¿los has pintado tú?

—Sí. En principio eran parte de un proyecto de clase, pero luego pensé que las imágenes eran demasiado subidas de tono como para presentarlas, así que me dije ¡pues voy a colgarlos de mis paredes!

—¿Y qué presentaste al final para el proyecto?

—Pues una serie de cuadros de pastores masái. A mis profesores les encantó esa mierda, los británicos adoran lo exótico.

—Pero para un pastor masái no es más que su trabajo diario, ¿a ti te pareció exótico todo esto cuando llegaste aquí?

—Tienes razón —contestó Yassin mientras ponía un disco de Aaliyah—, pero he acabado aprendiendo que si eres un artista africano que trabaja en un entorno de blancos, tus tutores y mecenas lo que quieren es que tus experiencias reflejen sus fantasías, que no son más que la imagen arquetípica del buen salvaje. Hay veces que no puedes evitar ceder, tu destino está en sus manos...

—¿Y no crees que eso es solo una excusa? —le preguntó Jude.

—Eso es la realidad.

—No sé...

Jude se agachó para besarlo. Fue un beso casual: suave, delicado. Yassin recorrió la punta de la lengua de Jude con la suya propia; sabía a vino. Luego besó a Jude con más ímpetu, lanzando su lengua hacia dentro y hacia fuera. El humo del incienso inundaba la habitación, el falsete etéreo de Aaliyah sonaba de fondo: aquello era la versión R&B del Kamasutra.

Yassin se dejó caer en el regazo de Jude y empezó a ronronear sobre su paquete hasta sentir cómo se iba endureciendo. Estuvieron tonteando mutuamente un rato, moviéndose con ritmo agitado. Yassin se derretía por momentos. Al darse cuenta, Jude le bajó la bragueta, le quitó los vaqueros y los calzoncillos y le dio la vuelta por la cintura para poder saborearlo bien; lo hizo a base de movimientos circulares con la lengua, consiguiendo que fuera abriéndose poco a poco hasta que llegó a entregarse por completo. De fondo, Aaliyah parecía incitarlos a que se pusieran manos a la obra con su canto sugerente.

Cuando Yassin estaba a punto de alcanzar el orgasmo, Jude dijo algo que lo dejó tendido en la cama toda la noche; no consiguió pegar ojo.

—¡El tío dijo que quería follarse tu chochete! —dijo Savannah a voz en grito.

—¡Chsss! —Yassin se volvió hacia los estudiantes que estaban tirados en las escaleras de la facultad—. Sí, eso fue lo que dijo, pero ¿qué significa eso?

—¡Pues que está intentando castrarte! Ese tío quiere a un hombre que sea lo suficientemente femenino como para cubrir el puesto de su mujer, pero que a la vez siga siendo un hombre y no le requiera sus cuidados; así puede tener lo mejor de ambos mundos.

—Bueno, no voy a rechazarlo solo porque metiera la pata mientras follábamos. De hecho, he quedado mañana con él.

—¿Y qué me dices de la planta carnívora? —insistió Savannah—, ¡el cabrón te regaló una planta que come seres vivos en vuestra primera cita! ¿qué mensaje te está lanzando?

—¿Que es original? —contestó Yassin echando el

humo por la nariz—. Me gusta este tío... Es un poco raro y tiene sus defectos, pero eso forma parte de su encanto.

—Solo digo que tengas cuidado, Yass. Ese tío me da malas vibraciones.

—Sav, ¡el mundo entero te da malas vibraciones! Y la planta come moscas, eso es bueno, ¿no?

Jude fue al piso de Yassin la noche siguiente; olía a menta y a perfume Egoiste y llevaba una bolsa de La Senza en la mano. Se lanzó sobre el sofá, agarró a Yassin para echarlo sobre él y empezó a besarlo con ansia.

—¿Eso que llevas ahí es un regalo para tener contenta a tu mujer? —preguntó Yassin interrumpiendo el beso y señalando la bolsa de la tienda de lencería.

—En realidad... es para ti —le contestó Jude pasándole la bolsa.

—No sabía que La Senza tuviera línea masculina.

—Ábrela —insistió Jude mientras acariciaba con los labios el cuello de Yassin. Yassin abrió la bolsa y sacó un par de medias de seda; miró a Jude con cara de póker.

—Quiero que te las pruebes —le ronroneó Jude al oído.

—¿Por?

—Sé que no estarás acostumbrado, pero estoy aseguro de que te van a encantar en cuanto te las pruebes. ¡Venga, póntelas!

—¿Así que ahora pretendes que me vista de mujer para ti? —le dijo Yassin levantándose bruscamente del sofá—. Lo siento, Jude. Soy gay, no un travesti; te seguro que hay una puta diferencia entre ambos términos.

—Oye, tranquilo... pensé que podría ser divertido.

—¿Divertido? —gritó Yassin— ¡pretendes convertirme en tu puta mujer! No quieres estar con un hombre y está claro que tampoco con una mujer, tú lo que quieres es algo intermedio al que poder imponerle tus fantasías. Pues que te quede claro que no voy a ser yo, ¡fuera de mi puta casa!

—Yass, déjame que te explique...

—¡Fuera!

Jude cogió su chaqueta y cruzó la puerta despacio, como esperando que Yassin cambiara de opinión. No solo no cambió de opinión, sino que cerró de un portazo en sus narices. Después de un rato tocando despacio a la puerta, Jude desistió y se marchó. Cuando ya no pudo oír los pasos de Jude en la escalera, Yassin se sentó en el suelo y se secó las lágrimas en silencio.

Yassin se pasó los días siguientes encerrado en casa, intentando evitar el contacto con el mundo exterior. Todo a su alrededor fue sumiéndose en el caos hasta que el humo rancio de tabaco, la comida india a domicilio y las bolsas de basura desbordándose en el cubo apestaron el lugar. Dudó por momentos si llamar a Savannah y contarle lo que había pasado. Jude no dejaba de llamar; también dudó si cogerle el teléfono y escuchar su versión.

Al cuarto día de retiro voluntario, Yassin decidió que necesitaba un poco de aire fresco y salió a la calle a dar un paseo. Al bajar las escaleras, se encontró con un grupo fumando porros en el rellano. Cualquier otro día se habría sentido inquieto al tener que pasar por delante suyo, pero ese día le dio totalmente igual. Se dirigió hacia Peckham Rye. Al cruzarse con hombres que iban paseando con sus mujeres o sus novias, se preguntó si también les pondrían los cuernos con otros hombres. Empezó a llover. Se puso la capucha.

Mientras caminaba sin rumbo, Yassin se planteó si se había alejado tanto de sus raíces que ya no había marcha atrás; se cuestionó incluso qué implicaría eso de dar marcha atrás. Procedía de una comunidad que se regía por las normas más estrictas del islam y en Londres se encontraba totalmente fuera de esa cultura, tanto que había tenido que crear sus propias normas sobre la marcha. Sintió que su identidad somalí se iba diluyendo y le dio miedo acabar perdiéndola por completo; temió por la anarquía moral, psicológica y social que eso podría desencadenar. Pero, ¿a qué intentaba aferrarse? ¿a un sentimiento de lealtad social? ¿acaso no lo rechazaría de inmediato su comunidad al enterarse de su homosexualidad, aunque su propia lealtad no se enfocara exclusivamente hacia su orientación sexual? Yassin no pertenecía a un solo mundo: era gay, somalí y musulmán, aunque cualquiera de estas posiciones implicaba ser excluido. Era su condición somalí, la pura belleza de formar parte de una cultura respetable y única, lo que mantenía unidas a las demás identidades. Primero era somalí, luego musulmán, luego gay. Quizá esa jerarquía no era más que una sucesión cronológica: nació somalí, se crio como musulmán, se descubrió gay. Y ahora se aventuraba a salir al mundo sin un sentido de pertenencia, y eso le aterraba, pero era consciente de que no podía lamentar ninguna pérdida, sino valorar lo que le quedaba por ganar. Sabía que jamás pertenecería del todo a ninguno de esos mundos, pero ¿quería hacerlo realmente? ¿estaba dispuesto a renunciar a alguno de ellos por cualquiera de los otros?

Había empezado a llover tan fuerte que tenía la capucha empapada y el cuerpo entero le temblaba de frío. Siguió caminando por Peckham Rye, ajeno al mundo exterior que lo rodeaba. Necesitaba desahogarse y pensó que lo mejor sería echar a correr, así que echó a correr; corrió entre la masa de gente agolpada en las calles de Peckham Rye; corrió como si la vida le fuera en ello; corrió hasta que el corazón se le iba a salir por la boca; corrió hasta que se sintió mareado y tuvo ganas de vomitar. Cuando ya no pudo correr más, cuando había alcanzado el límite de su aguante y de su necesidad de huir, se tambaleó hasta una parada que había en frente de una carnicería halal. El olor a sangre y a carne de ternera inundó sus fosas nasales. No podía recordar siquiera la última vez que había comido carne halal, ¿le hacía eso ser todavía más infiel?

Sin aliento e indispuesto, pensó por un momento que iba a vomitar en mitad de la acera; se encontraba enfermo y exhausto. Era como si hubiera estado persiguiendo algo, tal vez la sensación de libertad, pero no hubiera podido alcanzarla en Peckham Rye. Intentó recuperar el aliento. Se dio media vuelta y al poco rato empezó a andar hacia casa. El camino de vuelta le resultó arduo y distante, como el sendero de un cuento en el que la casa al final del camino es lo más próximo al paraíso que podía imaginar en ese momento. Al doblar la esquina de Queen's Road, dio con una oficina de taxis y en la puerta, resguardados bajo una marquesina medio caída y mugrienta cubierta con un vinilo que imitaba el envoltorio de un caramelo, se apretujaba un grupo de taxistas somalíes. Mascaban *khat*, unas hojas que producen en el sistema el mismo efecto que el *speed*, y aun así tenían un aspecto demacrado; parecían exhaustos. Yassin se paró delante de ese grupo de hombres, él a un lado de la calle, ellos justo al otro, y sintió que una enorme brecha los separaba. Y aun así pudo percibir al mirar sus rostros arrasados por las preocupaciones y la depresión, que su gente pertenecía a una comunidad traumatizada que no era consciente de que lo estaba: traumatizada por la guerra, por el desplazamiento, por la pobreza, por la falta de educación, por el abismo que separaba a jóvenes y a mayores, por el constante debatirse entre el pasado y el futuro. Habitaban una especie de psicosis colectiva en la que nadie era consciente de estar pagando por los pecados de sus padres y de los padres de sus padres. Estaban atrapados en una espiral perpetua en la que todo iba de mal en peor. Yassin no cometería esos mismos errores, se labraría su propio lugar en el mundo; aplacaría sus demonios y conseguiría ser feliz; hallaría la forma de escapar a esa espiral.

Yassin se sentó en la cama esa noche y examinó las medias que le había regalado Jude. Tuvo que admitir que eran bonitas. Admiró las costuras doradas y disfrutó del tacto escurridizo de la seda entre sus dedos. ¿Tan terrible sería probárselas? Sin pensarlo más, se bajó los pantalones y se calzó las medias, desenrollándolas con cuidado desde las puntas desnudas de los dedos de sus pies para no hacerles carreras, tal y como había visto hacer a sus hermanas. La sensación del tejido contra su piel le resultó extraordinaria. Posó frente al espejo. Caminó de puntillas por la habitación con una naturalidad sorprendente. Evocó a las criaturas angelicales que había visto en las revistas de moda, esas modelos esbeltas. Por primera vez en su vida se sintió como una más: apoteósica, desinhibida, segura de sí misma. Desfiló por la habitación como si llevara tacones y se imaginó a sí mismo sobre una pasarela de París o de Milán, posando para los fotógrafos. Se sintió libre enfundado en esas medias, más libre de lo que se había sentido en años. Entonces comprendió por qué algunos hombres decidían vestirse así: eso les permitía, aunque fuera por un breve instante de su intimidad, convertirse en la criatura celestial que habitaba su mente: una hermosa mujer con el mundo a sus pies.

Al seguir pavoneándose por la habitación, Yassin fue consciente de que nada volvería a ser igual.

—Muchas gracias por llamarme otra vez —le dijo Jude al pasar—. Me equivoqué al intentar proyectar mis fantasías sobre ti. Lo siento.

Tenía los ojos cansados. Se había dejado crecer el pelo y lo llevaba maqueado. Llevaba puesto el uniforme, como si hubiera venido directamente de la base en la que estaba destinado. Ya no olía a perfume, de hecho, desprendía un cierto aroma corporal. Parecía que llevara días sin dormir bien.

Yassin le abrió la puerta en albornoz y con zapatillas de estar por casa.

—Pasa y siéntate. No te preocupes por lo que pasó. Es así, te gustan los travestis. No sé si puedo considerarme uno, pero...

Cuando Jude se sentó en el sofá, Yassin dejó caer su albornoz; estaba totalmente desnudo, salvo por las medias que le había regalado. Tenía la piel suave como la seda y separó las piernas mientras se alzaba de puntillas como había visto hacer a las modelos cuando posaban.

—¡Guau! —soltó Jude al arrimarlo para besarle el pubis—. ¡Estás espectacular!

Yassin no pudo evitar empalmarse en un segundo. Jude se la metió en la boca, tan profundo que a Yassin estuvieron a punto de fallarle las piernas. Después lo puso de espaldas y lo lamió por detrás. Yassin desnudó a Jude, casi le arrancó los botones del uniforme. Los pectorales y los abdominales le brillaban con el sudor como si fueran adoquines recién fregados. Yassin besó sus muslos musculosos y apretados. Los músculos de su cuerpo se destensaban cada vez que Yassin posaba sus labios sobre ellos, como si sus besos fueran humo de hachís: una dosis en estado puro. Se abrazaron fuerte para aplacar el dolor físico que ambos portaban, como si les diera miedo perder al otro, miedo a lo que perder al otro pudiera implicar.

—Quiero sentirte dentro de mí —le susurró Jude a Yassin mientras le besaba el cuello.

—¿En serio? ¿Por qué?

—Siempre he tenido la fantasía de que me follara un tío vestido de mujer...

—No sé si se me dará bien, tú eres el activo...

—Por favor, hazlo por mí. Te prometo que será el momento más excitante que hayas sentido nunca.

Yassin consintió a duras penas. Una cosa era que un

tío se follara a un travesti, pero que un pasivo, aspirante a travesti, se follara a un macho activo, le daba un giro chocante a las cosas. Aun así, una parte de él sintió curiosidad. Yassin lubricó a Jude y le abrió bien las piernas. Con dedos torpes y escurridizos, consiguió enfundarse un condón; después se la metió y como por instinto, empezó a empujar. Fue como si fuera otro y no él el que estuviera follándose a Jude; sintió cierta repulsión por la situación en general e intentó que no se le bajara mientras movía su cadera adelante y atrás. De pronto divisó un moscardón revoloteando por la habitación. Lo siguió con la mirada, perdiendo el compás de los gemidos de Jude. El moscardón empezó a sobrevolar la planta carnívora, que estaba sobre la mesa; se posó sobre el filo de una de las campanas y empezó a moverse alrededor con curiosidad, de un lado para otro, hasta que se aventuró hacia el interior. Jude empezó a gemir más fuerte. Mientras se lo follaba, Yassin solo podía escuchar el zumbido del moscardón atrapado entre las cavidades de la planta.

Cuando terminaron, Yassin le devolvió a Jude la planta y las medias y lo acompañó hasta la puerta.

Después de no pegar ojo en toda la noche, lo primero que hizo Yassin al levantarse fue llamar a Savannah para ponerla al día.

—¡Que le den a ese capullo! —gritó, quizá con demasiado entusiasmo—. Vente esta noche conmigo a un bar de bolleras, cariño. Nada de tíos que se follen a otros tíos en secreto, nada de tíos a los que les vayan los travestis, solo hermanas de buen rollo y música sexy. Lo pasarás bien.

Y allí que se fue Yassin hacia Primark para darse un capricho y pillarse una camiseta nueva con la esperanza de que le levantara un poco el ánimo. Mientras esperaba a cruzar la calle pasaron dos autobuses, cada uno en un sentido. Uno llevaba un anuncio que decía: «Lo más probable es que Dios no exista, así que deja de preocuparte y disfruta de la vida»; el otro llevaba otro anuncio, este decía: «No hay duda de que Dios existe, así que únete al Partido Cristiano y disfruta de la vida». Yassin soltó un suspiro y entró en Primark. La tienda estaba repleta de gente de medio pelo en busca de gangas: jamaicanas de apenas quince años empujando carritos de bebé mientras le echaban un vistazo a las perchas de sujetadores de dos libras con relleno que les hicieran parecer mayores de lo que eran; somalíes con el pelo grasiento probándose chaquetas de diez libras y haciéndose fotos para mandárselas a la familia y que vieran que estaban viviendo a lo grande en el primer mundo.

Yassin cruzó a la sección de hombre y ojeó sin prestar mucha atención las camisetas y chalecos. Todo le resultaba soso, falto de colorido. Volvió a suspirar. Al darse la vuelta para dirigirse hacia la salida, un destello brillante le llamó la atención desde la sección de mujer: un robusto collar con la cabeza de Nefertiti en madera lacada con espray y purpurina. Sabía que no era ninguna pieza exclusiva, que la habrían fabricado seguramente en alguna fábrica de caramelos china y que jamás se había acercado siquiera a Egipto, pero en aquel momento y por alguna extraña razón, le resultó una de las cosas más bonitas que había visto nunca. El corazón empezó de pronto a latirle con fuerza. ¿Cómo reaccionarían los demás clientes si lo vieran comprando ese collar? ¿Empezarían a insultarle? Pero podría decir que era un regalo para su mujer, su hermana, su madre... En su mente había empezado ya a crear una historia completa con sus personajes solo para poder permitirse comprar el collar. Se acercó tembloroso hacia la montaña de cestas apiladas en la entrada. Cogió una y puso dentro el collar. Por supuesto, nadie movió una pestaña, ni siquiera se percataron de su presencia.

Al comprobar que a nadie le importaba en absoluto lo que hubiera comprado, se sintió con el valor de adentrarse en la sección de mujer. A esas alturas, la cara le ardía de vergüenza y lo único que quería era esconderse, pero fue hasta la sección de sujetadores con relleno, escogió el más ligero que pudo encontrar y sin comprobar siquiera la talla, lo echó en la cesta sin pensárselo dos veces: había llegado demasiado lejos como para irse con las manos vacías. Luego se fue hacia la sección de pañuelos, mucho más discreta, y eligió casi por instinto el más colorido de todos: una mezcla de dorado y turquesa. Le apetecía probarse también los vaqueros y los tops, pero sabía que eso era ya demasiado arriesgado, demasiado revelador, así que llamó a una de las dependientas.

—¡Hola! —le dijo sonriendo con dulzura—. Mira, tengo una hermana gemela y la semana que viene es nuestro cumpleaños. Me gustaría sorprenderla comprándole algo de ropa nueva. Conozco perfectamente sus gustos y como somos idénticos, tenemos exactamente la misma talla y el mismo número de pie, ya digo que somos exactamente iguales, ¡salvo en las partes que importan!

A Yassin se le escapó una risita nerviosa y la dependienta le echó una mirada de «sé perfectamente que la ropa es para ti, pero me la suda».

—¿Quieres entonces que te eche una mano para elegirle ropa a tu hermana gemela? —le dijo como si su historia fuera de lo más natural para ella.

—¡Eso es! ¿Podrías ayudarme? Estoy totalmente perdido... Había pensado comprarle unos zapatos y unos vaqueros, puede que una blusa bonita. El problema es que no sé cuál sería el equivalente de mi talla en ropa de mujer.

—Acompáñame —le dijo la dependienta con indiferencia.

Lo llevó hasta la sección vaquera y lo miró de arriba abajo.

—Yo diría que tú tienes una 34 de cintura y 32 de largo... así que... —empezó a pasar prendas de la percha, cogió unos y se los pasó— ¿qué me dices de estos?

Los vaqueros eran azul oscuro, de corte pitillero y con mariposas doradas bordadas en los bolsillos de atrás.

—¡Perfectos! —dijo Yassin metiéndolos en la cesta—. Ahora necesitaría unos zapatos. Me gustan esos rojos de ahí con el tacón dorado.

La dependienta arqueó la ceja.

—¿Qué pie calzas?

—Un 42.

—¿Y tu hermana tiene el pie tan grande?

—¡Qué quieres que te diga! —Yassin se encogió de hombros—. ¡Estamos cortados por el mismo patrón!

—Y después me confesarás que sois la misma persona... —murmuró la dependienta con un tono un tanto irritado. Entró en el almacén y salió con una caja de zapatos en la mano—. ¿Quieres probártelos?

—¿Perdona? —dijo Yassin quitándole la caja de las manos—. Puede que no me hayas escuchado bien, ya te he dicho que son para mi hermana.

—Pues espero que tu hermana disfrute de su ropa nueva —le soltó burlándose de él antes de volver al almacén.

Yassin metió la mano en la cesta y palpó el bordado de los vaqueros, el borde de las alas de las mariposas, la delicadeza de las puntadas doradas. Definitivamente, la sección de mujer de Primark era mucho mejor que la de hombre.

La pintura es el arma principal de todo artista; con unas simples pinceladas de color, el pintor es capaz de exponerse ante el mundo y hacer que su mundo interior y sus anhelos sean una realidad tangible. Yassin era artista, o al menos un aprendiz, y sabía manejarse con la pintura: cómo conseguir el tono y la textura correctas, cómo darle un poco de chispa a la técnica. En esta ocasión, él era su propio lienzo y estaba a punto de infundir nueva vida a su cuerpo. Los artistas suelen decir a menudo que hacer arte es como jugar a ser Dios. Yassin sintió que se estaba creando a sí mismo, que estaba doblando las páginas del reglamento hasta reventar el lomo y dejar que fueran cayendo. Esperaba poder liberar con unas pocas pinceladas certeras a la persona encerrada en el interior de su mente, libre ya de la esclavitud impuesta por las convenciones sociales.

Se sentó para empezar a crear. Hundió el pincel en la base de maquillaje Iman Foundation y aplicó una cantidad generosa sobre la frente despejada, los pómulos prominentes, el cuello esbelto. Los polvos tenían un tono radiante que le hacían brillar por dentro. Luego aplicó un poco de kohl sobre sus párpados caídos hasta parecer una muñequita china de caoba. Cuando acabó con los ojos, perfiló sus delicadas cejas, sombreando y dándole forma a cada curva hasta conseguir un resultado perfecto. Se hidrató la piel con manteca de karité olor a mango, que le dejó un cierto aroma a coctel de frutas. Para acabar, se perfumó el pecho con Narciso Rodríguez For Her. El último toque se lo dio el rojo del carmín sobre sus labios carnosos. Tenía un aspecto y un olor fresco, despampanante, absolutamente impresionante.

Había llegado el momento de vestirse. Tenía un torso bastante escultural, por lo que no tuvo que utilizar relleno en el sujetador para darle un aspecto auténtico; solo tuvo que ajustar bien el sujetador y distribuir las carnes uniformemente para aparentar canalillo. Satisfecho con el resultado, intentó entonces embutirse los vaqueros de mariposas. Descubrió que el corte no estaba pensado para una entrepierna masculina, por lo que tuvo que recogerse el paquete hacia atrás y sujetarlo con un poco de esparadrapo; había visto ese truco en *Paris is Burning*, el documental de los 80 sobre las competiciones de drags de Nueva York. Aunque siempre le había gustado cómo la película trataba el movimiento drag como práctica de género, nunca hubiera imaginado que acabaría inspirando su propia exploración de su identidad en ese aspecto. Llevar vaqueros fue un proceso doloroso más allá de los niveles de incomodidad: fue como castrarse a sí mismo al esconder su masculinidad de forma tan masoquista; pero se sintió empoderado por el maquillaje y la ropa ceñida, como si esos constructos sociales funcionaran realmente como marcadores de feminidad.

Estaba dispuesto, al menos por esa noche, a borrar su yo masculino y embutirse unos vaqueros con mariposas y una blusa bien ceñida para completar su transformación. Se subió tambaleándose sobre los tacones matadores y por último se envolvió la cabeza y el cuello con el pañuelo en forma de hiyab. No solo quería transformarse en mujer, quería transformarse en una mujer musulmana, o al menos en su imagen ocurrente de mujer musulmana. Resultaba irónico que en su anhelo por liberarse de las restricciones sociales eligiera llevar una prenda que representaba la esencia más pura de lo que significaba encajar en el molde. Ya que era musulmán, pensó en mantener el marcador más evidente para la mujer de su fe, pero lo utilizaría con sus propios fines subversivos. En su desviación de la norma había pues un deseo de pertenecer a su comunidad, aunque esa comunidad estipulara lo pecaminoso de participar en una desviación como esa. La misma idea de cuestionarse la identidad de género se consideraba anti islámica, y ahí estaba él, no solo cuestionándola, sino desafiándola de la forma más peligrosa posible. Su barrio era conflictivo y tenía miedo de ser atacado si alguien lo veía caminar por ahí vestido de travesti musulmana, así que decidió llamar a Savannah.

—Sav, necesito que te pases a por mí, porfa.

—¿Otra vez? Yass, siempre que quedamos tengo que

recogerte. Te sugiero que te acerques a mi casa, no sé, ¿en bus?

—Sav, por favor. No te lo pediría si no fuera necesario.

—¿Qué pasa, Yass? ¿Va todo bien?

—Sí, todo bien. Solo necesito que pases a por mí.

Savannah suspiró.

—Vale, me paso en media hora. ¡Pero estate listo!

—No te preocupes. Nos vemos ahora entonces. Y oye...

—¿Qué?

—Gracias.

Una hora después, Savannah lo llamó al móvil.

—Estoy en la puerta.

Yassin cogió la chaqueta y salió de casa. Al bajar las escaleras se encontró con el grupito habitual de chavales fumando porros apoyados en la barandilla. Al pasar por delante, uno de ellos le silbó.

—Eh, buenorra, ¿a dónde vas? —le soltó otro.

—A un sitio en el que nunca has estado —le contestó Yassin.

—¡Puaj! —corearon todos en señal de repulsa al darse cuenta—. ¡Puta maricona!

—No —se volvió Yassin—, tu mai es una puta maricona. Yo solo soy gay, cariño. Ponte al día.

Yassin salió del edificio sin mirar atrás por miedo a que fueran a por él. No podía creer que hubiera sido capaz de insultar a los matones que estaban todo el día tirados en su rellano. Cuando alcanzó la calle, echó a correr, pero como no estaba acostumbrado a los tacones, empezó a trastabillar.

Las ventanillas del coche de Savannah estaban encapotadas por el humo del porro que se estaba fumando y de los altavoces salía un ritmo extraño. Se agachó sobre el coche y le tocó en los cristales para que quitara el seguro de la puerta del copiloto.

—¡Venga, Sav! —le gritó mientras miraba hacia la entrada del edificio para ver si los matones habían salido a perseguirlo—. ¡Abre ya la puta puerta!

Savannah bajó la ventanilla y una bocanada de humo inundó el aire fresco del exterior.

—¡Quién coño eres! —le gritó con cara de mala hostia.

—Sav, ¡soy yo, Yassin!

—¡No me jodas! ¿En serio? ¡Entra en el coche ahora mismo!

Ya sentado en el coche, Savannah miró a Yassin de arriba abajo sin creer lo que tenía delante de los ojos.

—¡Me cago en tu madre! ¡Eres una tía! ¿Cómo...? ¿Por qué...? —antes de que Yassin pudiera explicarle, Savannah continuó—. ¡Ese puto Jude se ha salido con la suya! ¡Ha conseguido convertirte en un travelo! ¡En uno que está que te cagas, vale, ¡pero un travelo al fin y al cabo!

—Tranquila, Sav. Nadie me ha convertido en nada. Solo quería probar en mis propias carnes de qué va todo esto.

—¿Y? —le preguntó Savannah echando el humo del porro.

—¡Pues que duele que te cagas! —Yassin se echó a reír—. Pero quiero pasármelo de puta madre esta noche.

—Tío, más te vale tener cuidado yendo así vestida, porque bien sabe la Diosa Madre que esas bolleras se van a hacer ilusiones... —le dijo Savannah pasándole el porro y arrancando el coche—. Pareces demasiado real, por lo menos hasta que abres la boca.

Cruzaron por Dulwich y Herne Hill hasta Brixton. Savannah se metió en un callejón, aparcó y apagó el motor. Se quedaron sentados en el coche un rato, fumando en silencio; podían oír el crujido del motor al enfriarse. Yassin sintió como si su cuerpo entero se estuviera derritiendo sobre el asiento de cuero; se sentía atractiva, sexy, poderosa.

—¡Que empiece la fiesta! —dijo Yassin tirando la colilla del porro.

Bajaron la calle hasta un bar que se llamaba Medusa.

En la puerta, un portero cachas de aspecto turco bloqueaba la entrada. A Yassin se le iba a salir el corazón por la boca nada más verlo. En los bares de ambiente, los porteros siempre se metían con él o directamente no lo dejaban pasar; tenía miedo de que este hiciera lo mismo. Sin embargo, el portero se apartó y las invitó a pasar con un «disfruten de la velada, señoritas».

—Gracias, cariño —le sonrió Savannah; agarró a Yassin del brazo—. Esta es mi chica, Yasmeen, ¿a que está tremenda?

El portero asintió con la cabeza y le preguntó:

—¿De dónde eres, Yasmeen?

—Es de Somalia —contestó Savannah—. Sexy, mi chica, ¿a que sí? ¡Me he pillado una buena musulmana!

—¡Una menos para mí! —bromeó el portero. Yassin quería decir algo, pero estaba flipando con la reacción de aquel tipo. Jamás le habían prestado tanta atención, ¿por qué despertaba tanta admiración vestido de mujer? ¿tan feo era como tío? En solo una noche se había convertido en un artista cuya identidad femenina había eclipsado a su yo masculino. En el ambiente, donde todo el mundo parece estar obsesionado con la masculinidad, su pluma se consideraba poco atractiva. Sin embargo, al abrazar esa feminidad y converse en mujer, había conseguido llamar la atención de los heteros más machos. Era como si estuviera viviendo en una realidad paralela de cuento de hadas. Aunque como todo cuento, este también tenía truco: si abría la boca, se rompía el hechizo.

—Tío, estás que te sales —dijo Savannah—. ¡Hasta los heteros quieren follarte!

—Ese portero saldría cagando leches si se enterara de que «Yasmeen» tiene rabo.

—¿Y qué problema hay? Mantén la boca cerrada y déjate llevar.

Al hacer el paseíllo hasta la barra, a Yassin le sorprendió lo poco que se parecía el Medusa a los bares de ambiente de chicos a los que había ido alguna vez en Soho y en Vauxhall. El bar era bastante cutre, a diferencia de la mayoría de bares de chicos, que a pesar de estar llenos de tíos que solo saben posar mientras se echan miraditas unos a otros o ponerse hasta el culo de todo, esa sordidez se compensa con una decoración impecable. Los sillones hundidos, el papel marrón oscuro de las paredes y el aire general a suciedad del Medusa parecía no importarle a las chicas, que o bien charlaban tranquilamente en grupitos junto a la barra o bailaban al ritmo del *Doo Wop (That Thing)*, de Lauryn Hill o el *A Rose is Still a Rose*, de Aretha Franklin, que salían a todo volumen de los altavoces de la sala de al lado. Yassin calculó que la mayoría de mujeres tendría entre treinta y cuarenta y pocos. Aquella era su noche, la única oportunidad quizás de abandonar por un momento sus vidas impuestas y rodearse de iguales con ganas de bailar, besar, follar y brindar por ellas mismas. Yassin se sintió inesperadamente conmovido por esas mujeres y por el sentimiento de complicidad que las unía en hermandad.

Para mayor sorpresa, divisó de pronto en el rincón más alejado del bar a un grupo de chavales negros con pintas de proxenetas: bombín, chaleco gris, camisa multicolor, pantalones a rayas y botas de vaquero de piel de cocodrilo. No se podía percibir en aquellos críos ni el más mínimo rastro de feminidad, parecían tipos duros. ¿Qué harían en un bar de lesbianas? Justo cuando se lo estaba preguntando, un grupo de negras buenorras embutidas en faldas apretadas y subidas en tacones de vértigo, a las que Savannah se refería con desprecio como «heteras», se pavonearon delante de ellos. Los jóvenes se las comieron con los ojos, a lo que ellas respondieron con sonrisas igual de picaronas. Yassin no daba crédito. ¿Por qué estaban ligando esos tíos con aquellas, se suponía, lesbianas? Y a la vez, ¿por qué les seguían ellas el juego? ¿Estaría flipando por el porro que acababa de fumarse?

Se volvió para preguntarle a Savannah, pero se había subido ya a la pista de baile de la sala de al lado. Yassin salió en su búsqueda y pasó por delante del grupo de chavales. Uno de ellos le sacó la lengua y se relamió los labios después de soltarle en argot jamaicano:

—*Wha gwan*, ¿qué pasa contigo, tía?

Yassin hizo como que no había escuchado nada.

La pista de baile estaba totalmente a oscuras, salvo por las luces de neón que parpadeaban sobre los cuerpos danzantes. Cuando consiguió que sus ojos se acostumbraran, Yassin pudo divisar el vestido dorado de Savannah brillando a lo lejos. Parecía inmersa en su propio mundo, se dejaba llevar por el ritmo elegante de la música. La canción que sonaba era *Roll it Gal*, de Alison Hinds, y Yassin no pudo evitar unirse a Savannah en su baile. Bailaron juntas como si la música fuera la droga que saciaba su sed de movimiento, de libertad. Yassin cerró los ojos y empezó a mover su cuerpo como si estuviera bailando la danza del vientre. De pronto, alguien desconocido lo cogió de la cintura y antes de que pudiera reaccionar, ese alguien lo estaba abrazando por detrás. Desprendía un fuerte olor a Egoiste y Yassin tenía ese perfume asociado a,

—¿Jude? —se volvió Yassin, pero se dio de bruces con uno de los tipos duros que había visto antes en la barra. Este en concreto tenía las paletas separadas y un poco de perilla. Llevaba una camiseta con el logo de la Warner y una inscripción fluorescente: *If You See Da Police, Warn-a-Brother*. «Si ves a la poli, avisa a un hermano», Yassin soltó una risa indiferente ante el juego de palabras y se giró rozándole el paquete deliberadamente; el tipo le respondió agarrándole por... las tetas. Yassin, llevado por la música, la hierba y el alcohol, solo podía pensar en Jude. Mientras el chaval lo acariciaba, Yassin imaginó que era Jude el que recorría su cuerpo con sus manos expertas. Bailaron así un buen rato, hasta que la Dj dejó de pinchar.

—¡Eh, chicas! —gritó por el micro cascado—. Ya sabéis que aquí en el Medusa siempre intentamos compensaros por lo que habéis pagado, no somos como esos bares turbios de los que sales sintiendo que te han robado el dinero de la entrada. La hermana que os voy a presentar es la humorista más perraca que os podáis encontrar, así que ya estáis tardando en darle un aplauso a... ¡Ms. Gigi Tutuola!

Mientras el público rompía en aplausos, el tipo de las paletas separadas y la camiseta con mensaje cogió a Yassin de la mano y lo llevó de vuelta a la barra.

—¿Qué tomas, mi reina halal? —le preguntó con un tono de crío; sonó como un adolescente al que todavía no le ha cambiado la voz. Yassin suspiró con tristeza al recordar el tono barítono de Jude.

—Jack Daniel's con cola —contestó, dándose cuenta nada más abrir la boca de que acababa de meter la pata.

—¿Eres un puto tío? —gritó el joven con la cara encogida por el asco.

—¡Mira quién fue a hablar! —se burló Yassin—. Eres un hetero pescando chavalitas en un bar de bolleras. Si eso no es rastrero, ya me dirás tú.

—¡So gilipollas! —dijo el chaval con su voz preadolescente antes de levantarse la camiseta para descubrir su pecho vendado de tal forma que no dejaba asomar ni rastro de sus tetas—. ¡Yo también soy una puta bollera!

Con la cara ardiendo, Yassin salió indignado a fumar. La calle era una trasera del bar donde había una perrera con dos pitbulls que empezaron a ladrar a través de la verja nada más olerlo. Intentando no llorar de rabia, Yassin quiso desabrocharse la blusa. Al ver que no podía, se arrancó los botones y tiró la blusa al suelo; luego vino el hiyab, arrugado hasta formar una bola que lanzó en mitad de aquella noche desalmada lo más lejos que pudo. Después de luchar un rato con el enganche del sujetador, consiguió quitárselo también. Se quedó con los incómodos vaqueros puestos, pero también se los desabrochó hasta abajo para que sus genitales pudieran respirar; luego empezó a restregarse el maquillaje hasta lograr parecer un paciente escapado del psiquiátrico que se acabara de restregar un bote de pintura por la cara.

Se quedó allí parado, tiritando de frío, en aquel callejón oscuro de Brixton, sintiéndose miserable. ¿Qué coño pretendía? Había intentado dejarse llevar, sentir cada situación que se le fuera presentando, por extraña que fuera. Últimamente todo parecía un experimento corporal, como si estuviera poniendo a prueba su aguante, midiendo sus límites, lo cual acrecentaba su deseo de encontrar algo que consiguiera realizarlo. Era un ansia que nacía de su falta de arraigo, aunque no fuera consciente. No era consciente de que solo él podía llevar a cabo ese proceso de liberación, aterrador tanto por su intensidad como por la infinitud de su alcance. Podía percibir la fragilidad de la línea que separaba su lado masculino del femenino, y eso le asustaba. ¿Qué debía hacer ahora? ¿Cómo podía interiorizar una complejidad tan inabarcable?

Pasaría el resto de su vida intentando dar respuesta a esas preguntas. Siguió allí parado, acosado por el frío y el ladrido incansable de los perros, mirando pasar los coches. De pronto tuvo claro que conseguiría alcanzar una atalaya, un lugar desde donde la perspectiva sería más clara, más amplia. Su paisaje interior se estaba transformando. Aquella noche había sido una especie de cuento distópico, pero el hechizo se había roto ya. Se lamió las heridas y echó a andar de vuelta a casa.

Tus raíces son mis raíces

A Korfa le gusta trenzar caléndulas entre mis rastas porque dice que le recuerdan a su tierra. Korfa lleva su tierra en su forma de andar: un elegante y desenfadado pavoneo; lleva su tierra en el aceite de esencias con el que unta su piel: un delicioso perfume que me hace soñar con las costas de Somalia, donde los niños juegan al fútbol entre las ruinas de la antigua colonia y los jóvenes como Korfa huyen en pateras al anochecer hacia Yemen o hacia Kenia, convencidos de no volver jamás.

Soy su única familia en este país y me trenza recuerdos de caléndulas en el pelo para compartir conmigo una parte de sí mucho más íntima que cualquier ramo de flores, por caro que sea. Y cuando cae la noche se abre de piernas, arquea la espalda y me recibe en su estrechez. Yo le devuelvo el favor destensando sus zonas erógenas con la punta de mi lengua; lamo su cuerpo hasta que los músculos de su abdomen se contraen y la verga empieza a gotearle. Aguanta mis embestidas hasta que la cama se rompe; recupero la postura ya en el suelo y el calor que emana de su cuerpo es un contraste delicioso al frío de la dura madera contra la que se retuercen mis rodillas y se apoyan mis pies para embestir con más fuerza. Korfa gime y yo me adentro un poco más en su interior; me lame los labios. Una perla de sudor me cae de la frente y se posa sobre la punta de su nariz; brilla como si llevara un pirsin de diamante. Recorre con sus manos mis pectorales empapados y se agarra a mi cintura con las piernas cual acróbata; se abraza a mis hombros y lo levanto del suelo sin sacarla. Mientras sigo embistiendo, él comienza a moverse: hacia arriba, hacia abajo, hacia arriba, hacia abajo... el ritmo cadencioso resulta excitante. Puedo oler el aceite y el sudor sobre su piel.

Nunca paramos hasta habernos corrido los dos. Después le susurro al oído: «mis raíces son tus raíces». Nos quedamos dormidos al son de las sirenas apresurándose por las calles de Peckham.

Yo soy jamaicano y Korfa somalí. Ni mi familia ni la suya saben que nos amamos. Cuando estamos juntos, nos invade un sentimiento de consuelo, el miedo se desvanece. Las noches de verano en las que hace un calor pegajoso en esta ciudad, abrimos las ventanas y encendemos incienso. Hacemos el amor y olvidamos. Olvidamos que él viene de un país destrozado por la guerra; él se olvida de que su familia sigue allí y necesita dinero; se olvida de los retos y las luchas a las que tiene que enfrentarse cada día y establecemos nuestra propia rutina. Yo me olvido de que mi familia me mataría si se enterara de lo nuestro; me olvido de que estando con Korfa pongo mi vida en peligro. En esas pegajosas noches de verano del sur de Londres, las ventanas permanecen abiertas y nuestro pequeño apartamento se convierte en un jardín secreto: su magia reside en que habita en nuestra imaginación; no tiene límites ni fronteras. El jardín secreto conduce hasta las caléndulas de Mogadiscio y los magnolios de Kingston y cuando nuestra piel se ha vuelto ya dulce y pegajosa de aguantar tanto calor y se niega a pensar que ha perdido la batalla, nos queda la noche. Nos quedan nuestros cuerpos. Nos queda la vida.

AGRADECIMIENTOS (Diriye Osman)

Me gustaría dar las gracias a John R. Gordon por publicar esta edición de «Cuentos para niños perdidos». Este agradecimiento es también para Héctor F. Santiago por su magnífica traducción y por el diseño de portada que la acompaña. Héctor, eres un sol y cada día te aprecio más. Mi especial gratitud al maravilloso Diego L. Rodríguez por la increíble ilustración de portada, por sus observaciones, por la música y por la amistad. Mi más profundo reconocimiento a las grandes reinas que me rodean: Kinsi Abdulleh, Bahareh Hosseini y la inigualable Monique Tomlinson; hermanas, agradezco enormemente vuestras palabras de ánimo y vuestro apoyo. Gracias.

AGRADECIMIENTOS (Héctor F. Santiago)

A mis padres, por haberme animado siempre a hacer lo que quería. A mi hermana, mi hermano y amigos, por estar cerca y sujetar mi mundo. A Carlos, siempre e incondicionalmente. A Diriye Osman, por ofrecer al mundo tanta belleza. A John R. Gordon y Team Angelica, por confiar en mí y hacer de este libro una realidad. A todos los niños perdidos, a los que consiguieron encontrar el camino, a los que se quedaron en él, a los que siguen luchando